OS ÉGUAS

romance

Copyright © Edyr Augusto Proença, 1998
Copyright desta edição © Boitempo Editorial, 1998, 2015

Direção editorial	*Ivana Jinkings*
Assistência editorial	*Carolina Yassui*
Preparação	*Luciana Souto*
Revisão	*Alice Kobayashi*
	Flamarion Maués
Capa	*Artur Renzo*
	(sobre foto de Edyr Augusto)
Editoração eletrônica	*ZAP Design*
Coordenação de produção	*Juliana Brandt*
Assistência de produção	*Livia Viganó*

CIP-BRASIL. CATALOGAÇÃO-NA-FONTE
SINDICATO NACIONAL DOS EDITORES DE LIVROS, RJ

A936e

Augusto, Edyr
 Os éguas : romance / Edyr Augusto. - 1. ed. atualizada - São Paulo : Boitempo, 2015.

ISBN 978-85-85934-24-8

1. Romance brasileiro. I. Título.

15-18982
CDD: 869.93
CDU: 821.134.3(81)-3

É vedada a reprodução de qualquer parte deste livro sem a expressa autorização da editora.

1ª edição: junho de 1998
1ª edição atualizada: fevereiro de 2015; 4ª reimpressão: outubro de 2024

BOITEMPO
Jinkings Editores Associados Ltda.
Rua Pereira Leite, 373
05442-000 São Paulo SP
Tel.: (11) 3875-7250 / 3875-7285
editor@boitempoeditorial.com.br
boitempoeditorial.com.br | blogdaboitempo.com.br
facebook.com/boitempo | twitter.com/editoraboitempo
youtube.com/tvboitempo | instagram.com/boitempo

*Ao meu pai, Edyr Proença,
minha estrela guia.*

Agradecimentos

Abilio Cruz
Antonio José Borges Leal
Gilvandro Furtado
Pedro Galvão
Rainero Maroja Filho
Ricardo Rezende

Égua do livro!

O título não soa lá muito bem aos meus ouvidos bem comportados, mas Os Éguas é mais rico e melhor do que seriam Os Imbecis ou Os Babacas e define com grossa ironia a fauna humana que cafunga, geme e rosna neste thriller de aterradora violência.
 A narrativa nos arrasta a uma leitura vertiginosa e compulsiva como nos policiais de boa cepa. Mas é um romance de costumes. De insuspeitados costumes rolando, da grã-finagem à patuleia, nos bares, botecos, restaurantes, delegacias, clubes e motéis de Belém do Pará.
 Do romance policial ele tem o detetive, o delegado Gil e até o seu parceiro, Bode, investigando um suicídio que cheira a homicídio, numa trama que envolve do tráfico de drogas à corrupção policial e ao lenocínio. Não, o nosso Gil não é um detetive cerebral à maneira de Augusto Lupin, Poirot ou Nero Wolfe. É um delegado de mediana inteligência e vastos sofrimentos, como os detetives de Dashiell Hammet e Raymond Chandler. E é o alcoólatra mais incompetente da ficção mundial para solucionar os mistérios do álcool: ele não aguenta um décimo dos calvados que o inspetor Maigret bebe ou dos uísques que Philip Marlowe entorna numa simples aventura. Isso para não falar dos vinte chopes com Steinhager que o jornalista e bêbado Percival Von Trauritzgeit, de À mão esquerda, como aliás o seu próprio autor Fausto Wolff, emborca só para iniciar os trabalhos. Umas poucas cervejas derrubam o pobre Gil e o atiram, literalmente, à sargeta.

O thriller *de Edyr Augusto avança, porém, para além da mera trama policial e mergulha na realidade e nos horrores de uma cidade povoada de violência, corrupção, crueldade e hedonismo.*
A overdose *de violência, que alcança lances antropofágicos, é quase inverossímil. Inverossímil? Mas serão inverossímeis as cerebrações de* O cobrador *ou de* A grande arte, *de Rubem Fonseca? A comparação é pertinente: Edyr Augusto neste livro envereda pela mesma trilha que aprofunda a violência e é, ao mesmo tempo, um retrato e uma reflexão sobre a criminalidade, as transgressões éticas e a impunidade nestes tempos brasileiros.*
Mas enquanto os romances de Rubem Fonseca têm fatura literária mais elaborada em termos de escritura, o de Edyr Augusto trabalha a linguagem coloquial, a oralidade. Usa com habilidade os diálogos, os monólogos interiores, a multiplicidade de sujeitos puxando a narrativa. Usa a linguagem falada, e falada em Belém do Pará. O que, certamente, criará algumas dificuldades para o leitor de outros páramos entender uma expressão como "mas quando...". Sem problema. A dificuldade é infinitamente menor do que a nossa quando lemos o Finnegans Wake *ou até um conto de Guimarães Rosa.*
Nas proximidades do desfecho de sua história, Edyr Augusto cria uma tensão extraordinária, um clima de suspense que nos envolve numa torcida emocionada e comovida pelo destino dos seus personagens.
Um romance que choca e comove, que nos faz torcer e pensar. Pode não ser tudo o que se pode esperar de um romance policial. Mas é muito.

Pedro Galvão

1

Johnny morreu. *Fast Pizza*...
— Pô, agora tem até *pizza* de cupuaçu. Ei, é tempo de cupuaçu.
— Cupuaçu só gosto de doce. Na *pizza*, não. Misturar doce com salgado. *Pizza* é com calabresa, presunto, quatro queijos...
— Tu não gostas é de experimentar nada novo. Eu gosto. Será que tem *pizza* de bacuri?
— Aqui em Belém a cada semana é uma novidade. Não duvido nada. E *pizza* com mussuã?
— Pode ser. Sabe que é uma boa ideia?
Chega um investigador.
— Gil, tá pronto pra empacotar.
— Alguma pista?
— Estamos reunindo as coisas. Há recados na secretária eletrônica. O cara recebia moças e rapazes...
Era um apartamento desses antigos, com pé-direito alto e lustres no teto. Cheio de móveis caros e enfeites por todos os lados. Paredes com quadros. Muitos. Conhecia alguns. Emanuel Nassar, Dina... sei lá. E os enfeites, por cima de tudo. Pacotes de cigarros, cinzeiros, mentas. Uma revista *Caras*, da semana. Apartamento de solteiro. Ali não tinha mão de mulher. E aquelas lembranças da Disney? Isso já é cafona. Enfim, tem gente com mania pra tudo.
— E a empregada?
— De muito tempo. Chegava tarde. A casa funcionava em horário assim. Chegava e acordava o cara, estivesse com quem estivesse. Chequei com o porteiro.
— Falo com ela. E o porteiro?

— Não viu ninguém sair. Mas estava acostumado com as turmas que saíam daqui. Mas hoje, não.
— Quero saber tudo. Nome, documentos, ficha, se é bom no trabalho, até cartão Fama. Quero tudo. Alguém do prédio?
— Prédio pequeno. Havia ciúmes e raivas, tu sabes como é.
— Se eu sei? Porra, lá no meu prédio um sacana achou de mexer no chuveiro pra botar uma ducha que ganhou de Natal e aí já viu. Só infiltração lá em casa. E o pior é que ninguém quer dar jeito, ninguém sabe.
— O muro é pequeno. Podia sair sem o porteiro ver. E o porteiro podia estar dormindo.
— Melhor dar uma acochada nele.
— Os abutres querem entrar.
— Não vou deixar.
— Por quê? Depois, começa aquela onda... tu sabes...
— Não vou deixar, porra. Sei quem é a figura. Ele é da alta. Um cabeleireiro. Não adianta fazer escândalo.
— Pra eles é um prato cheio.
— Não vou abrir.
— Morreu há muito tempo, ô Hamilton?
— Não dá pra precisar. Finzinho da madrugada, talvez. O IML vai dizer.
— Se estiver funcionando. Se as geladeiras não estiverem pifadas. Olha, faz os abutres irem fazer horror pra lá. Assim que sair o corpo, fico aqui pra conversar com a empregada. Não tinha parentes?
— Parece que não. Dizia que era inglês, mas na verdade é da Guiana Inglesa. É o que tá no passaporte.
— Gil, tem um casal aí querendo entrar. Amigos. E os vizinhos também.
— Deixa. Os vizinhos, ainda não.
— A vizinha tá pentelhando. A mulher fala alto pra caralho. O marido é um merda.
— Só os amigos. Deixa eles pra depois. A mulher quer entrar pra bisbilhotar e fofocar. Depois.
Entram. Não formam um casal. Parecem constrangidos. Ela é dessas peruas que aparecem no jornal todo fim de semana, com o mesmo olhar entre o gozo e o enfado. Toda semana, as mesmas pessoas. Se veste como quem quisesse estar no Rio e São Paulo.

Tipo faz de conta. Aposto como não sai do ar condicionado. Nem deve suar. O cara é bem jovem, bonitão... Está de bermuda, Rider, camisa Banana Republic. Está assustado. Terá motivos? Eles nem se olham direito. Quem sabe? A gente deduz muita coisa na primeira impressão. As pessoas estão desconcentradas e deixam passar muita coisa no olhar, na postura, no tom da voz. Sou um observador. É como se entrassem em câmera lenta, para que eu fosse decupando tudo. Ela parece mais resolvida. Ele ainda não encarou ninguém. Tipo "onde eu fui me meter". Ou "espera um instante que eu vou ali na esquina". Olham o morto. Está de bruços, nu. Ele se contém, emocionado. Ela, resoluta, tenta cobri-lo.

— Desculpe, não pode fazer isso. Ainda vai ser fotografado. Cadê o porra do Ademir pra fotografar!

— Égua, deixa eu cobrir ele. Ficar assim, nu, só pra dar espetáculo. Era meu amigo. Deu na TV. Como foi?

— Ainda não sabemos. Mas não cobre não. Ninguém vai entrar que não seja do trabalho. Sabe se era cardíaco, algo assim?

— Não. Ele era... Normal, sei lá. Vivia se queixando de trabalhar muito. Era ligado 24 horas.

— Qual seu nome?

— O dele? O meu? Ah, por favor, olha o escândalo, sou casada... Ih, não devia ter vindo aqui. Não é melhor ligar pro meu advogado?

— A senhora é que sabe. É para depois pegar informações sobre ele.

— Olha lá... Mas quando o senhor for me perguntar, posso chamar o advogado?

— Pode.

— Raimunda Cristina de Souza Andersen. Mas todo mundo me conhece como Rai Andersen

— Conheço a senhora. Dos jornais.

— E o seu nome, delegado?

— Gilberto Castro.

— Que ramo da família Castro? Conheço alguns...

— E o senhor?

— Guilherme Conrado. Também era amigo. Bebíamos, saíamos juntos, em grupo.

— Grupo?
— Johnny era enturmado. Todo mundo gostava dele. Escuta, a gente não pode vestir o morto, preparar para o enterro?
— Já pode cobrir. Mas vai ter de ir pro IML, para saber a razão do óbito.
— Vai ter muita publicidade.
— Acho que sim. Mas pode não dar em nada. Teve um mal súbito, pronto. Morreu. E daí? A polícia tem de investigar se houve morte violenta. Se não, onde vamos parar? Ele era conhecido. Você viu lá fora?
— Vi os repórteres.
— Eles vão pegar vocês na saída.
— Não falo nada. Não quero escândalo. Lola, cobre ele com o cobertor.
Lola estava sentada em um canto. Parecia estar desligada, em estado de choque. Conheço este olhar tipo "meu mundo caiu". O que seria daí pra frente? Ele era seu mundo. Dava pra sentir. Ela teria alguma razão? Ele teria morrido naturalmente. A porra da falta de verba. Se tivesse um médico ao lado, sempre, já saberia alguma coisa. E o olhar do morto, antes de fechar os olhos, tão assustado, boca contraída, como se tivesse sido submetido a um grande choque. Bem, a autópsia vai dizer.
— Cadê a viatura do IML, porra!
— Tinha outra viagem, lá pro Bengui. Já chegou. Estão subindo.
— Prefiro não sair junto com o corpo. Alguém tem de providenciar o velório e o enterro. E a roupa com a qual ele vai ser enterrado? Deixa eu passar ali...
— Dar uma arrumada nas coisas. Eu também ajudo.
— Não. Sinto muito. Ainda não. Deixa o corpo ir. Deixa ter uma resposta. Eu ainda vou trabalhar aqui. Mais tarde eu libero e vocês fazem o que quiserem. Não tem família?
— Que eu saiba, não. Nunca falava.
— Saiu há muito da Inglaterra, Londres.
— Isso era papo. Ele era da Guiana Inglesa, Georgetown.
— De onde?
— Não era da Inglaterra?
— Isso ele dizia.

— Gil, começou a pegar. Acharam maconha em uma gaveta. No armário, em outra gaveta, ali do quarto de vestir, um monte de petecas e também da pura, sabe? Da pura. As coisas começam a aparecer. O veado consumia e distribuía, acho. E esses amiguinhos... Olha como estão nervosos... Eles queriam entrar?
— Não deixa que vejam. Não faz nada. Põe tudo nos sacos e lacra. Não deixa que percebam.
Colocam o corpo na gaveta de metal. Tem muita gente na rua. Os vizinhos de andar. Um acontecimento.
— Gil, os vizinhos estão aqui.
— Bom dia, sou o delegado Gilberto Castro. Gostaria de conversar com vocês.
— Prazer, sou Alfredo Castilho e minha mulher é Tercia Maria. Que tal de noitinha...
— Então depois das seis. Eu venho aqui.
— Acho que o enterro ainda sai hoje, acho que de tarde.
— Vocês vão?
— Vamos.
— Então, depois do enterro.
Vizinhos. Não me digam mais nada. Então não tinha a dona Yolanda a implicar todo dia, ali do lado? Fofoqueira, fazia o jornal do prédio. Meia-idade, o casal. Ela com aquele robe irritante das mulheres que se despedem da vida e tudo o que fazem é esperar pela novela das oito e encher o saco do marido, dos filhos, da empregada, dos vizinhos. Ele, também. Afinal, o que ele devia fazer? Aposentado, quem sabe, ou encostado em alguma Secretaria onde deve passar apenas no final do mês pra pegar o dinheiro e falar mal de todos. Eles devem ter muita fofoca pra contar. Tirando o exagero, pode haver coisa boa.
— Gil, melhor dizer alguma coisa aos repórteres.
— Aqueles dois deram entrevistas?
— Deram. A perua fez pose e tal.
— Depois a gente vê na TV. Me lembra.
Os repórteres vieram.
— O nome era Johnny Lee, ou melhor, ele usava esse nome. O verdadeiro, do passaporte, é Percival Anthony Simms. Vocês conhecem. O cabeleireiro. Não há sinais de violência. Pode ter sido um ataque cardíaco, sei lá. O IML vai dizer. Não, não há

sinais de violência. Estamos investigando. Ainda vou ouvir as pessoas amigas, empregada, tudo. Não, vocês não vão entrar. Está interditado. Não, sem essa de escândalo. Eu garanto. Ninguém vai entrar. Eu ainda vou ficar aqui. É só. Me deixem trabalhar. Pode não dar em nada, porra. Teve um mal súbito e pronto. Aí vocês não vão ter nada, né? Então, calma.
Acompanhou a saída do cortejo. Logo tudo voltou ao normal. Até os vizinhos saíram da janela. Imagina o que estão comentando, dentro dos seus apartamentos. Olhou em volta. Prédio de quatro andares, em plena Padre Eutíquio. Dos antigos. Sem elevador. Tudo pela escada. E os vizinhos no olho mágico, pra saber de tudo. Pé-direito bem alto. Quartos grandes. Banheiro com pastilhas e banheira, sim, banheira. Um pequeno muro, com um jardim mal cuidado na frente. Nem poderia resistir a essa poluição. Melhor ligar pro Renato Chaves, falar com o Agberto e pedir pressa naquilo. Ia dar imprensa, com certeza. Muita. Mas na página policial. E os colunistas sociais? Sei lá. Podia não ter sido nada. Um ataque cardíaco, simples. Consumia drogas, paciência, não há provas contra ninguém. Terminava por ali. Mas podia ter alguma coisa. E achava que tinha. Um caso bom para trabalhar. Estava ganhando moral na Delegacia. Ia calar a boca de uns e outros. E conhecia muita gente do círculo do cara. Quando recebeu o chamado não chegou a ligar as coisas. Mas quando viu a figura, já sabia quem era. O cara vivia nas altas rodas. Dessas figuras que chegam sem eira nem beira e sabem se fazer, aproveitando os babacas que precisam de alguém para alimentar suas vaidades e, principalmente, servir de leva-e-traz de fofocas. Seu ponto era no Cosa Nostra. Estava sempre cercado. Ele sabia. O Cosa Nostra também lhe era muito familiar. Mas ali tinha alguma coisa. Podia ser besteira de pensar que sempre quando morre uma bicha dessas, que vive sozinha e recebe figuras em casa, foi assassinato e tal. Podia. E as drogas? Podia ser apenas consumo. Essas turmas se reúnem, tudo gente graúda e vão fundo. Era melhor checar os recados na secretária eletrônica. As gavetas. O cara tinha um videolaser. Será que tinha o último do Pink Floyd? E computador. Decidiu voltar ao apartamento para conversar com a empregada. E também para checar as descobertas.

2

Enquanto aquele pessoal todo ia saindo, levando o corpo de Johnny, ela se deixou ficar sentada, na ponta da cama, como ficava tantas vezes ouvindo Johnny falar. E agora, o que seria? Mais do que a ausência, o choque, o que estava começando a doer era aquele presente interrompido e a incerteza do futuro. O mundo acabou. E agora? Foi ideia do Manuel, porteiro, ligar para a Seccional da Cremação. Chegou ali pelas nove, como sempre. Johnny gostava de ser acordado. Mas não levantava logo. Ficava murrinhando até as onze. Ligava a TV. Lia jornais. Atendia telefonemas. Tomava o café ali mesmo. Sua cama. Era o local onde mais gostava de ficar. Botava um robe vermelho, de cetim. Gostava. Tinham intimidade. Ele ficava nu. Ela até escolhia roupas. Nunca lhe passou a mão, nada. Entrou no quarto para acordá-lo. Acho que nunca levou um susto tão grande. Nunca foi de se assustar por pouco. A vida não foi fácil. Aprendeu a lidar. Principalmente depois que começou a trabalhar com Johnny. Aprendeu muito. Mas foi o que viu. Johnny, tão bonito, seu corpo nu, branquíssimo, porque ele se recusava a pegar sol, em uma posição estranha. Logo viu que havia alguma coisa errada. Chegou perto e ficou estarrecida. Olhos abertos, arregalados, a boca assim como quem precisava de ar ou queria gritar. Horrível. Saiu correndo, se batendo nas paredes, sem saber o que fazer. Podia ter ligado para algum amigo. Desceu correndo para chamar o porteiro. Ele teve a ideia de ligar para a polícia. Mas logo a polícia? E queria se meter em confusão? Dizer o quê? Ele ligou.

E agora o que vai ser? A vida passou num *flash*. Aqueles tinham sido oito anos muito bons. Ela era o que se chamava puta de vala. Ninguém sabia. Levaria aquilo consigo. Poderia ter sido o final da passista mais famosa do Quem São Eles. Johnny salvou sua vida. Ela estava criando sua filha. E foi aquele sacana que a recomendou. Pelo menos isso. Tinha 19 anos e sua vida era dançar no Quem São Eles. Hoje, ninguém diz o que eu fui. Boa, gostosa, rabão, era o que lhe diziam. Nos ensaios, ficava aquela roda de homens babando. E lá queria saber? Era bom ser olhada, admirada. E mais nada. Até que apareceu aquele cara, ainda novo, tímido. Não ficava na roda, mas um pouco atrás, olhando. Mas não olhava para o seu corpo e sim para seus olhos. Encarava. São coisas que não se esquece. Os diretores da escola o tratavam com distinção. Por quê?

Foi Candinho, o puxador de samba, que a puxou pelo braço, e deu o recado num momento em que tomava uma cerveja no bar. O cara estava interessado. Ela também. Mandou Candinho à merda pela gracinha que ele fez a respeito do dinheiro do *boy*. *Boy*? Talvez fosse, mas estava interessada. Foi. Ele só bebia gim. Ela pediu Cerpinha. Alguns instantes em silêncio. Havia muito barulho. Gogó de Ouro a plenos pulmões. Ele disse alguma coisa. Não ouviu. Ah, aquele velho convite. Vamos para outro lugar onde possamos conversar melhor. Você sabe perfeitamente que vai ser comida, mas faz o jogo, se lhe interessar. Na saída, ainda deu uma olhada na *macharada* que ficou babando. Alguns inconformados. Esperava voltar logo. Um Maverick. Sim. Preto. A molecada em volta, adorando.

Saíram. Ele passeava. Não dizia nada. Sentiu a timidez. Decidiu quebrar. Foi pra perto, passou a mão no seu rosto. Ele arriscou dizer alguma coisa. Depois, se soltou. O pai era dono de uma distribuidora de bebidas, ali na Estrada Nova. Ajudava a escola. Nem gostava de samba. Ia representar o pai. Também ficou curtindo aquela roda de homens em sua volta. Tomaram o rumo do Coqueiro. Ela botou a mão no seu pau. Ele gostou, mas poucos segundos depois, gozou. Sujou a calça. Era o tesão. Sabe que foi bom? Ele era uma mistura de anjo e diabo. Não tinha aquela ânsia dos tarados em lhe comer a bunda. Era educado, servia bebidas, tudo "por favor", "desculpe", "dá licença". Fazia carinho, dizia elogios. Você é sempre assim?, perguntou. Era o jeito. Ficaram até de manhã. Dormiram agarrados. Era amor? Mais tarde iria preferir os tarados. Depois, ela ia ver. Lorelei Cristina da Cunha, você se fodeu.

Ficaram juntos por todo o Carnaval. Depois do desfile ela trepou com ele no Maverick, ainda de fantasia. Na avenida, seios nus, rebolando, pensava nele, procurava-o nos camarotes e chegou a ter um orgasmo. Que tonta. E ainda achava que já era experiente. Ela o viu no camarote do prefeito. Cercado por umas donas. Ele deu uma piscada. Sentiu-se recompensada. Lesa. E agora, sim, dava a bunda com prazer, com amor. Até o presidente reclamou que desse mais atenção a certas figuras. Ia a contragosto. Mas não dava mais para ninguém. Os caras gostavam que se esfregasse neles. Esfregasse a bunda. Sentia-os endurecer. Mas seu caso era Marquinhos Suzano e pronto.

Depois do Carnaval foi trabalhar de manicure ali na Conselheiro. Todo mundo sabia. Conheciam a buzina do Maverick. Ela saía correndo. Eles não podiam esperar. A menstruação não veio. Vieram enjoos. Sentia de novo o frio na espinha. Há certas coisas que não se esquece. Ela pensava que havia amor. Ele nunca havia tocado em casar, se juntar, nada. O medo de ouvir o que não queria a fez evitar falar. Mas agora passava as noites em claro, decidindo se falava ou se tirava. Em qualquer hipótese, ele precisava saber, por causa do dinheiro. Dizer em casa, nem pensar. Ele nem sabia onde morava. Tinha vergonha. Quando voltavam, pedia para saltar em qualquer lugar. Pegava ônibus, pegava táxi. Filha única. A mãe teve problemas de parto. Primeiro, soltou umas verdes. Ia casar? Ia juntar? Nada. Disse a verdade. Já havia uma barriguinha. Nunca se decepcionou tanto. Ele ficou chocado. Não acreditou. Insultou. Insultou! Disse que era de outro. Chamou de puta. Que podia ser de um daqueles pretos da escola, quem sabe. Dele, não. Mas só trepava com ele. Dava-lhe a bunda! A bunda! Quantas vezes, antes de chegar no motel já estava com a boca cheia do seu sêmem? Não se gostavam? Não? Pronto, ouviu o que nunca desejara ouvir. Não podia casar, juntar, muito menos ter filho. Ele ia casar. Falou que o pai que tinha arranjado, que a pequena era feia. Tudo mentira. Mentira. E ainda teve a petulância de dizer que mesmo assim ainda queria sair com

ela. Filho da puta. Deu uma raiva. Aquela raiva misturada com mágoa e humilhação. Era dada. Tinha umas raivas. Coisa rara, mas quando tinha nem lembrava o que havia feito ou dito. Depois se viu no meio da BR-316 em uma noite de chuvisco, sem um tostão na bolsa. O Maverick arrancou fazendo barulho e naquele momento ela desejou que ele sumisse para sempre. Logo em seguida, lembrou da barriga. Chorou raivosamente, sem lágrimas, apenas soluçando. Chegou a pensar que ela é que era a idiota de contar. Escolheu mal o momento, as palavras.
    Andou a esmo. Como aquela tal de BR era larga! Nunca havia pensado nisso. Passava apenas de carro. De Maverick. Filho da puta. Tinha de voltar pra casa. Sem dinheiro. Havia um borracheiro. Tudo escuro. Uma lâmpada fraca, lá dentro. Bateu palmas. Entrou. Naquela meia luz, não sabia se era jovem ou velho, branco ou escuro. Mas sabia que estava encharcada, arrebentada interiormente e sem dinheiro. O cara olhou desconfiado. Perguntou se era problema de pneu. Não queria uma ajuda? O cara levantou. Olhou de alto a baixo. Não era mendiga. Pensou que era uma puta? Esses homens. Disse a verdade. Com aquela cara inchada de chorar, convenceu. Ele puxou do cós da calça encardida, um bolo de notas pequenas. Deu o do ônibus. Em moedas. Estendeu com aquela mão suja de graxa. Mas naquele momento, aquela mão estava limpa, alva, de solidariedade.
    Foi para casa. Decidiu contar tudo. De uma vez. Seja o que Deus quiser. Chegou. O pai e a mãe vendo novela. Parou na frente deles. Começou a dizer. Pensaram que era bobagem. Pediram pra deixar pra hora do comercial. Não. Contou. Silêncio. A mãe estendeu a mão. O pai impediu com um gesto. Foi no quarto. Voltou com um cinto. Bateu-lhe sem piedade. Bateu para doer. Doer fundo. Com a fivela. Bateu sem raiva. Com mágoa. A mãe petrificada no sofá. Fazer o quê? A vizinhança toda ouviu. Tentou não gritar, nem gemer. Não deu. Saiu sangue. Mas o pior veio no final. Pegasse suas coisas e fosse embora, depois de sujar o nome da família. Deu um último olhar súplice. Não adiantou. Havia uma máscara no rosto do pai. Meteu o que encontrou pela frente em uma sacola velha da Ottoch Magazine e foi

saindo. A mãe tentou se aproximar sussurrando. Levou um chega pra lá. Quando saiu, sabia que os vizinhos todos estavam olhando pelas frestas da janela. Sempre torceram para que aquilo acontecesse. Inveja. Essas invejas que existem nos subúrbios. Nas vilas onde todos se controlam. E, ainda por cima, passista de escola de samba. A Domingos Marreiros nunca mais a veria. Nunca mais.

De volta à rua. Ao chuvisco. À sensação de perda. Duas em uma noite. O mundo caiu. Agora, de novo. Dormiu na fila do INSS na Praça da República. Para disfarçar. Quando acordou, foi para o salão. Chegou cedo. Quando chegou a dona, contou. Ela foi ríspida. Grávida, não. Que se arranjasse. Cadê o garotão do Maverick? Seus dentes de ouro desfilaram inteiro em sua risada maliciosa, feminina, ajustando as contas. Todas as contas. Bateu a porta.

Ficou ali. Esperou chegar Osmarina, a amiga que fazia café pras madames. Ela foi amiga. Estava por tudo. Osmarina foi lá dentro, pediu licença, ouviu ameaças. Não ligou. Levou-a pra casa, um casebre na Dr. Freitas. Ficou. Dormiu alguma coisa. No resto do dia, deixou-se em letargia. Naquela sensação de incapacidade de qualquer movimento. Osmarina chegou de noite. Seu marido também. Sentiu-se intrusa. Limpou a casa, banheiro, cozinha. Tudo muito pobre. Como ela. Criou coragem. Pediu uma semana pra se mudar e dar seu jeito. Deram. Ficou pensando. Osmarina falou sobre uma costureira, amiga. Ia.

De madrugada, no sofá da sala, sentiu aquela presença. O marido de Osmarina. Não gritou. Deixou-lhe passar a mão por seu corpo. Apertar os seios generosos, a bunda, enfiar-lhe os dedos. Ficou de bruços. Ele a penetrou em silêncio, apenas ofegante. Suportou. Podia ser pior. Fizesse algum barulho e Osmarina acordaria. Quem seria a culpada? Ele acabou rápido. Agora tinha que dar seu jeito de qualquer maneira.

Dona Mocinha a aceitou no ateliê de costura. Serviço idiota. Repetitivo. Irritante. Dona Mocinha era uma senhora que tinha voz macia com clientes e espezinhava o dia inteiro. O dia inteiro. Mas precisava. Agora, um quarto que fosse, precisava. E de noite. Zecão, marido de Osmarina. Agora ela já gozava também. Mas não podia ser.

No terceiro dia, voltava pela Dr. Freitas quando foi abordada. Pensou em assalto. Não. Voz macia. Ele usava um chapéu velho, amassado. Roupas sujas. Tinha chegado de Marabá. Pensou que era uma puta. Dava cem mil cruzeiros. Deu uma rebanada. Ele ficou olhando. Deu uns passos. Cem mil resolveriam o assunto. Não pensou mais. Voltou. Ele chamou um táxi. Foi no Locomotivas. Quarto cheirando a putaria. Tinha meia-idade. Estava sedento. Ela não tinha experiência naquilo. Gozou. Várias vezes. Chegou mais tarde em casa. Ele foi correto. Estava saciado. Pagou e foi embora de táxi. Andou até a casa, percebendo o movimento das putas na Perimetral interditada ao tráfego. Não disse o que havia feito. Osmarina não se interessou.

No dia seguinte, em vez de ir a Dona Mocinha, foi para a Perimetral. Rápido pegou freguês. As outras putas não disseram nada. Ela era muito mais bonita. Acostumou-se. Deixou de sentir. Dizia o que queriam ouvir. Deixava usarem seu corpo. Mas não dava a bunda. Nada disso. Tinha dinheiro. Alugou um quarto em uma pensão onde moravam outras putas. Zecão a comeu pela última vez. Não disse nada a Osmarina. Ela tinha sido legal. Mas não podia saber o que estava fazendo. Muito menos sobre seu marido. Em pouco tempo se transformou no que se chama puta de vala. Mesmo barriguda. Tinha gente interessada. Passou até a cobrar mais pela curiosidade.

Foi ter nenê na Santa Casa. Uma menina. Perfeita. Uma festa na pensão. Todas ajudaram. Dona Santinha, a dona, decidiu adotar. Tomava conta. Parecia uma avó. Voltou à rua. Emagreceu de novo. Ainda mais disputada. Um dia, foi comida por um caboclo forte, moreno. Ele tinha um olhar estranho, como se a conhecesse. Na hora de pagar, perguntou se já tinha ido ao Quem São Eles. Era de lá que a conhecia. Vai ver era mais um daqueles babões que ficavam à sua volta enquanto dançava. Mas não. Foi direto contar para Marquinhos. Era peão da distribuidora de bebidas. Soube depois, ele ficara chocado. Ah, Ah, Ah, chocado. Um dia, a colega de quarto a acordou. Tem um cara aí querendo falar contigo. Era o cara do Maverick. Agora, um Opala. Não queria ir. Mandou esconder a filha. Mas foi. Ele contou o que lhe disseram. E daí? Não era da sua conta. Que se fodesse. E a filha? Não ia conhecer. E dinheiro? Não precisava. Que sumisse. Foi. Voltou no dia seguinte. Disse que não queria mais nada. Mas que tinha uma oferta. Não tinha direitos, mas era a filha. Não podia continuar como puta de vala. Perguntou quanto ganhava. Mentiu. Extrapolou. Disse que tinha algo melhor. Um amigo, inglês, precisando de uma empregada. Coisa fina. Melhorar de vida. Em nome da filha. Mandou se foder. Foi embora. Voltou no dia seguinte. Aceitou. Pediu para ver a menina. Não. Garantiu que ia ser a única vez na vida. Pra nunca mais. Dona Santinha fez que sim. Deixou. Era só curiosidade. Nem se emocionou. Nem perguntou o nome. Eu não quero mais te ver. Nem eu, disse. Foi embora. Deixou com Dona Santinha 500 cruzeiros para despesas com a criança. Foda-se. Foi no endereço. Padre Eutíquio, hum... Bateu na porta do apartamento. Apareceu aquele cara, branquíssimo, estrangeiro, charmoso. Foi química imediata. Ficou. Até hoje. Agora, de novo, meu mundo caiu. E a vida passou feito um *flash*.

3

Ele era bom. Tirou um Derby da carteira.
— Sai um cafezinho?
— Aqui ninguém toma café. Tem chá. Serve?
— Não. Sabe mexer no CD *laser*?
— Não. Tenho uma TV no quarto.
— Não sabia que a Enya tinha lançado em CD *laser*...
— Quê?
— Nada. O videocassete ficou ligado. Mas não tem fita pra passar...
— Posso fazer a limpeza?
— Claro que não. Agora que vou olhar direito. Tivesse verba e faria um serviço direito. Mora aqui com Johnny?
— Moro no Julia Seffer. Venho de lá, todo dia, e volto no fim da tarde.
— Ele era um cara legal? Conhecia de vista, assim, dos lugares, sempre cercado.
— Ele era bom. Bom pra mim. Todos gostavam dele.
— Todos?
— Não, o senhor sabe como é o mundo... Depois...
— Ele era *gay*, claro..
— Olhe, dr. Gil, sem frescura, ele traçava qualquer coisa.
— Taí, essa eu não sabia.
— Quase ninguém sabe. E eu não ia dizer pra ninguém. Mas é que aquela perua entrou com uma cara tão absurda que tô passando.
— Então essa Rai e...
— Johnny. Claro.

— Como você veio parar aqui?
— Fui recomendada.
— Nome?
— Lorelei Cristina da Cunha. Mas ele logo me chamou de Lola e ficou.
— Por quem?
— Um ex-namorado. Pai da minha filha. Cheguei e fui logo sacando que ele era *gay*. Mas combinamos bem. Imediatamente. Ele mudou a minha vida, sabe? Me deu bom salário. Minha casinha é de pobre, mas muito decente, sabe? E tenho até um Uno Mille, tá lá embaixo, quer ver? Me ensinou tudo. A malícia com requinte. Palavras em inglês. Me ensinou a vestir, usar, cozinhar, receber. Quando cheguei aqui tinha sido... Eu estava mal...
— Você é casada com esse...
— Com Marquinhos? Nem pensar. A filha ele só viu uma vez. Manda dinheiro. Sempre atrasa, mas manda. Me recomendou. Um dia perguntei a Johnny sobre ele. Cortava cabelo no salão. Engordou feito um porco. Quer entrar na maçonaria. É casado com uma ex-Rainha das Rainhas do Carnaval... Dessas que não ganhou, sei lá. Só perguntei uma vez. Não vale a pena.

Pega o pires no criado-mudo, com restos de cocaína e um corpo de caneta Bic, para aspirar.

— Parece ser boa. Você sabe o que é isso?
— Claro. Mas não uso. Johnny dizia que aspirava pra ter mais astral de noite. De dia, nunca vi. Mas também, passava o dia no salão.
— E aquele material todo que os investigadores acharam?
— Devia ser dele. Ele não precisava traficar. Acho que dava pra turma. Johnny dormia pouco. A noite toda, acho, só entre segunda e quarta-feira. Não sei como aguentava. Depois, era o dia inteiro de pé, cortando. Em pé e movimentando os dedos. Aturando o papo das figuras.
— Qual era o esquema dele entre homens e mulheres?
— Comentava comigo mas não se abria. Dá pra saber que tinha alguma coisa com a Rai. Mas claro que o marido dela não sabe. Aliás, ela tem outros namorados também...
— E aquele outro rapaz que veio?
— Guilito? Guilito Conrado?

— Guilherme Conrado.
— É, ele também é casado, dois filhos, mas tinha lance com Johnny.
— Mais gente?
— Com certeza. Mas eventuais. Namoricos. Tinha muita perua que queria aparecer na sociedade e achava que ele ia fazer a jogada. Às vezes, ele armava com um jornalista desses que recebe uma ponta para botar os caras em evidência, nos jantares, recepções e tal. Outras, trazia a perua aqui e traçava mesmo.
— Nunca se fixou?
— Sim.
— Quem?
— Sumiu. Leonel... Ahn... Deixa ver... Leonel qualquer coisa. Fragoso, acho. Sei lá.
— Sumiu?
— Foi. Johnny tirou ele da rua. Educou, vestiu, alugou um apartamento quase aqui em frente. Tá vendo, dá pra ver daqui... Porque a bicha não queria morar junto.
— Você não gostava dele.
— Ele que não gostava de mim. Tinha ciúme, sei lá.
— Sumiu?
— Acho que fugiu, deu o fora. Menino, foi uma paixão do Johnny. Chorou, ficou estranho... Deu um tempo no salão. Pra mim, ele encontrou foi outro e deu no pé...
— Mas largou todo o conforto?
— E lá querem saber disso?
— Não deu mais notícia?
— Nunca mais. Mas vou lhe dizer uma coisa. Pode ser que eu me engane. Aquela bicha andou arrastando asa pra Selminha, uma amiga do Johnny. Ou então era ela...
— Quanto tempo faz?
— Dois meses, sei lá...
— Léo também era bi?
— Era um cara estranho. Bonito, inteligente, desses que nunca estudou mas parece que sabe tudo. Até hoje nem sei te dizer se ele gostava mesmo do Johnny. Ou se gostava de homem. Ou se era só interesse. Tinha muita gente assim cercando ele...

Pega um pedaço de *pizza*, abandonado em um prato de papelão.
— Não tem café mas gostava de *pizza*. O pessoal do IML vai trabalhar. Ele tinha muitos inimigos? Você disse que ele andava cercado...
— Onde Johnny ia, ia muita gente atrás. No Carnaval, naquele concurso das Rainhas, ih, essa casa virava uma festa. Representava o que queria. Acho que só comigo ele pode ter sido sincero. Nem com a roda de amigos. Ele sabia que a vida não valia nada. Que dependia do dia a dia. Para os clientes, a bicha, o fofoqueiro, o conselheiro. Para os amigos, era engraçado, contava piada, fazia trejeitos. Era o festeiro, o sacana. Convidavam ele pra animar a festa. Ele sabia que tinha de chegar abafando. Aqui em casa era melancólico, carente. Até se apaixonar pelo Léo. Deu no que deu.
— Todo dia tinha resto de cocaína aqui?
— Sim. Uma vez, os travesseiros eram só sangue. Disse que era um amigo que pegava forte. Já não tinha mais um pedaço do nariz. Já imaginou? Mas ele, Johnny, acho que só usava pra fazer imagem, estampa, pra atrair os bobocas. Olha, a verdade é que ele passava o dia em pé, cortando cabelo. Dia de semana, feriado, sábado, domingo. Trabalhava pacas. E sabia que tinha que fazer esse circo pra viver...
— Você já tinha sido empregada antes?
— Não. Aprendi com Johnny. Aprendi a pensar com ele. Aprendi a falar. A observar. Eu me cuido. Ninguém nunca mais vai me fazer mal. Eu observo e compreendo o mundo.
— Quem mais vinha aqui?
— Não muita gente. Conheço de vista. Estava sempre de dia. Fim de semana, não. Tem a Selminha. O Bob, que tem uma butique. O Carlos Otávio, que bebe o dia inteiro.
— O pessoal do salão...
— Nunca deixou botar os pés aqui. Não queria misturar as coisas. Eu mesmo só fui uma vez lá no salão. Tinha esquecido a chave do apartamento.
— Os vizinhos...
— Tem uma fofoqueira aí do lado... Ela me diz que nem dorme direito porque vive pendurada no olho mágico pra controlar quem entra e quem sai daqui. Johnny sempre cagou...

Ôpa, desculpe... Nunca deu bola pra isso. O marido dela é um babaca.
— E você tem algum namorado? Desculpe perguntar.
— Não.
— Nem um paquera?
— Uma vez Johnny me perguntou porque eu não arranjava mais namorado. Eu disse pra ele que não queria mais. O que eu não disse foi que.... Eu perdi o prazer do sexo. Não consigo mais encostar em ninguém sem me fazer um monte de perguntas. E o tesão vai embora... O senhor tem jeito de padre. A gente vai falando.
— Você está com vontade de falar. É o choque. Foi só aquele cara? Olha, eu tô recolhendo dados... Mais tarde acabam te perguntando de novo.
— Com o cara foi namoro. Fiquei grávida, ele me deu o fora. Também me botaram pra fora de casa. Virei prostituta até vir pra cá com o Johnny.
— E foi esse Marcos que pediu o emprego pro Johnny.
— Foi. Vai ver, tava com remorso. Mas é só.
Deu uma olhada no quarto de Johnny. Bem decorado. Mas uma tendência em amontoar coisas. Ele parecia não querer se desfazer de nada. Nada. Equipamentos eletrônicos. Abriu o armário. Roupas bonitas.
— Johnny era muito elegante. Muito metido. Sabia se vestir. Eu muitas vezes vestia ele. Quando estava com preguiça.
Banheira. Abriu o criado-mudo. Uma muca de maconha. Livrinhos de sexo. Uma Bíblia. Terço. Camisinhas importadas, coloridas. A carteira. Trocados. Três notas de 1 dólar. Pra dar sorte, acho. Permanentes de clubes... Humm... Convites... O que será que o legista vai dizer? Será que tenho um caso? Tentou abrir um armário. Não conseguiu. Trancado. Outra porta, menor, abriu. Um envelope, no fundo, guardado. Pegou. Abriu. Puta, apareceu alguma coisa. Fotos. Muitas fotos. Johnny com... crianças, adolescentes. Sexo. Imagina se a essa altura ia ficar impressionado. Mas ficou. Uma menina, dos seus 9, 10 anos, chupando o cacete de Johnny. Puta que pariu.
— O que tem aí? Johnny nunca deixou mexer.
— Ele gostava de fotografar?

— Acho que sim. Mas nunca vi. Disse que não gostava de mostrar. Às vezes deixava uma Polaroid dessas aí por cima. Mas as fotografias... Mostra aqui..
— Você nunca tinha visto antes?
— Não. Por quê?
— Olha, vai ser foda.
— Mostra.
— Égua... É ele mesmo.
— E as crianças, conhece?
— Não. Isso é horrível. Eu tenho uma filha...
— Eu disse que ia ser foda.
— Não dá pra acreditar. Mas tô vendo.
— Vou arrombar esse armário. Agora.

Era madeira boa. Trabalhou com a coronha da arma sobre a fechadura. Meteu uma faca. Abriu. O armário estava cheio de fitas de videocassete. E envelopes com fotos. Quando pegou nas fitas, já sabia o que ia ver. Mas tinha de conferir. Escolheu a esmo. Botou a fita. Johnny, naquele quarto, com as crianças. Às vezes, parecia estar rolando a maior brincadeira, sem maldade. Mas havia. Muita. Johnny consumia as drogas. As crianças também. Terrível. Olhou pro lado e encontrou a filmadora, com o tripé, num canto, amontoada como as outras coisas. Sim. Lola estava com os olhos arregalados. Pegou as fotos. Começaram a ver. Muitas. Até que Lola gritou.

— É a Bárbara!
— Quem?
— Porra, a afilhada dele!
— Bárbara?
— Filha da Rai. Da perua.
— A afilhada?
— É. Olha aqui. E mais estas. Ele não dispensou. Isso é nojento...

A menina era linda. Cabelo negro, sobrancelha grossa, nariz grego. Os seios querendo aparecer. Ele a estava penetrando. Era chocante. Nas outras fotos, rindo como se fosse uma brincadeira.

— Essa Rai pode ter estado aqui de madrugada?
— Pode. Ela sempre vinha.
— O porteiro viu?

— Tem de perguntar. Acho que sim. Ou então a vizinha que não perde nada. Mas porque a Rai...
— O vídeo ficou ligado. Na primeira portinha, só tinha as fotos. Onde a filha dela não estava. Quantos anos tem?
— Dez, acho.
— Na segunda, fitas e fotos. A Rai pode ter levado a fita, se é que havia, e que estava no vídeo. E não sabia das fotos.
— E isso faz um crime? O cara tá morto.
O IML tem de me dizer alguma coisa. Quando a gente mais precisa, mais vai devagar. E se Rai provocou a morte de Johnny? Ela pode ter descoberto. Veio, obrigou ele a botar a fita e aí, sei lá. Foi embora e levou com ela.
— Johnny tinha dívidas?
— Não. Gostava de pagar tudo em dinheiro. Nunca fez crediário. No máximo, pedia emprestado pros amigos. Pagava. Mas agora essa... Olha, vou precisar ir em casa. Deu na televisão. Acho que todo mundo sabe. Minha filha vai ficar querendo saber.
— Não dá. Mande alguém. A gente liga pro salão e manda alguém avisar.
— Do salão?
— Não tem escolha. Vou precisar de você aqui.
Tocou o telefone. Deixou a secretária eletrônica atender. Tocava a música "My Way", com Frank Sinatra. Até Johnny entrar. Pura *artistagem*. Aquilo batia. Conhecia Johnny de vista. Tudo encaixava. Ele era um artista. Sabia conviver e tirar proveito. Um cara sem eira nem beira. Sem família. Nada. Chega e encontra um monte de idiotas precisando de um bajulador e um chicoteador à altura. Ele. Tinha seu preço. Mas aquela história com as crianças, só podia ser doença. Isso faz um caso? O cara tá morto. E o IML? Entrou uma voz forte, grossa, mas pesada. Bêbada. Chamou duas vezes por Johnny. Insultou de veado. Disse que era Carlos Otávio.
— Esse cara é um bêbado. É da turma. Bebeu toda a fortuna da família. Um desperdício. Bonito, inteligente pacas, quer dizer, desses que parece que vão deslanchar, e nada. Ele é só um bêbado.
— Aperta aqui essa secretária eletrônica. Não sei mexer.
— É aqui.

Ouvem o ruído da fita rebobinando. E o sinal dos recados que vão ser transmitidos.
— Johnny? Rai. Me liga.
— Johnny? Rai. Quero falar contigo.
— Guilito, Johnny. Tá de pé o Sal? Me liga pra dizer se o negócio foi resolvido. A Carmem não pode saber que vamos passar o fim de semana, tá?
— Johnny? Seu filho de uma puta! Filho de uma puta! Me liga!!!!
— Johnny. Mauro, maninho. Como é? Os *home* estão apertando. Vens aqui no fim de semana? Olha, sem vacilo viu? (Ouve-se no fundo uma música em inglês, sendo tocada propositalmente para a ligação.)
— Posso ouvir de novo?
— Tem que apertar esse botão.
— Quem são?
— Você ouviu. É a Rai. O Guilito Conrado...
— Quem é Carmem?
— É a bestona da mulher dele. Acho que ela faz que não sabe dele...
— Essa é a Rai. Gritando.
— Eles se tratavam assim?
— Às vezes. Essa perua é da pá virada. Mauro é amigo dele que mora ali perto de Salinas... Esse último, não sei.
— Pode apertar o botão de novo?
— Lá vai.
Queria ligar os fatos. Juntar frases sem nexo aparente. E tudo sem se deixar levar por ideias preconcebidas. Tinha um caso? Algo tinha acontecido? Será que essa história da filha da Rai era um começo? Que gente escrota. Posando na sociedade, tipo *clean* e no entanto... Olha o preconceito. O mundo é assim. E também é muito melhor. Ele que escolheu a profissão de capitalismo é cuidar do lixo humano. Esse Guilito. Qual era o negócio a resolver? Ia escondido pra Salinas? E não é preciso ser muito desconfiado pra achar que esse Mauro lidava com tóxico lá em Salinas. Ou perto, sei lá. Pirabas. Sei lá. O outro liga e deixa tocando uma música. Já tinha ouvido no rádio. Gostava de *rock*. Pra ele, rádio era a Belém FM. Outra já teve em Belém. E lá tocava. Podia ser U2. Não tinha certeza. Ia ter.

O telefone tocou novamente. Deixou a secretária atender. Entrou a voz de Rai.

— Lola, estás aí? O corpo do Johnny foi liberado. Estou indo aí buscar roupa pra vestir nele. O Guilito comprou caixão e o velório vai ser rápido, aqui na Beneficente Portuguesa. O enterro tem de ser às quatro, senão os coveiros do Santa Izabel não deixam. Tu estás só, é? Tô indo. Abre a porta.

— E esse computador, sabes mexer?

— Não. Ele usava pra jogar, se divertir, acho. Mas poucas vezes pegou, pelo menos que eu visse.

Ligou o computador. Sabia. Os irmãos de Amélia, sua ex-mulher gostavam disso. Tinha Windows. Tinha Winword. Mas nenhum arquivo gravado. Fechou o Word. Procurou no Works. Havia jogos. Isso não interessava. Voltou ao DOS. Nada. Vai ver, usava mesmo só para jogar. Tentou o IML. Ocupado. De novo. Conseguiu. Chamou Agberto, o amigo. Ainda não podia atender. Estava fazendo o laudo. Ligaria depois.

— Vai no enterro?

— Não. Não vou a enterros.

— Eu vou. Mas antes vou mandar um investigador pra cá. Não quero ninguém aqui. Ainda há muita coisa para procurar.

Pegou a agenda de telefones. Abriu em qualquer letra. A maioria pelo primeiro nome, ou apelido. Queria achar fornecedores de drogas, sei lá, alguma coisa suspeita. Não. Bem, teria de assistir a todos aqueles vídeos. E ver as fotografias. Agora o choque já tinha passado. Ia ver. Tinha uma boa coleção de CD *lasers*. E de CDs comuns. Gostava de *rock*. Grupos ingleses, acho. Ou americanos. Mas também tinha Julio Iglesias. Fafá de Belém. Acho que era pra fazer imagem. Já tentava entendê-lo melhor. É foda. O cara morre e descobrem os podres. E daí? Mas havia alguma coisa e precisava descobrir. Pegou o passaporte. Entradas nos Estados Unidos. Miami. Londres. St. Martin.

— Ele estava naquela viagem do furacão, lembra?

— Lembro.

— Deu a maior confusão.

— Foi?

— Na hora da confusão, ele ficou num quarto com uma figura aí...

— Mulher?
— Casada. O marido ficou refugiado no cassino e ela com o Johnny no quarto. O cara acusou o Johnny de roubo de um anel. Ih, foi uma cagada. O que tava doendo mesmo era o chifre. Mas isso ele não podia dizer. Chifrado por um veado!
— Quem era?
— Ela? Uma tal de Sabrina Gusmão. O cara é Cristóvão.
— Vi o telefone na agenda.
— Mas ele não se interessou. Acho que apenas comeu.
Tocaram a campainha.
— Acho que é a Rai.
— Deixa ela entrar. Mas não fala nada sobre o vídeo e as fotos. Não faz nada. Entendeu?
— Tá. Não falo.
Rai entra afobada. Óculos escuros na testa. Bolsona a tiracolo. Roupa clara. *Keds*.
— Lola, não separaste nada? Vais ao enterro? Telefonaste pros amigos?
E vai abrindo os armários, pegando roupa. Seus olhos, na verdade, dão uma panorâmica no quarto. Me controlo para não conduzir o enredo para o meu roteiro. Tenho que deixar que ela faça a cena.
— Pensar que o Johnny ia acabar desse jeito.
— Ele era bom.

4

— A que horas está dando banho? — Disse a esmo, em uma velha brincadeira ao toparem com o trevo da estrada para o Atalaia, em Salinas, onde está um barco-monumento. Sem resposta. Vinham discutindo. Deviam ter saído mais cedo. Mas não era bem isso.
— Ai, Marina, para de fazer bico! A gente chegou em Salinas!
— Não enche o saco.
— Se o sol não derreter esse mal humor todo, nem sei...
— Que sol que nada!
— Então o pessoal vai te encarnar.
— Fodam-se!
— Égua! Tá feia a coisa...
— Uma galinha dessas que não se aguenta quando dá coceira na xoxota...
— Ai, para...
— Como para? Não estás satisfeita? Tinha de dar uma voltinha e dormir fora?
— Que dormir fora...
— O porteiro não te viu entrar pra dormir. Eu perguntei.
— Aquele é uma anta... Dorme pesado... Nem toma conta do Cesinha.
— E ainda por cima uma mãe maluca. Deixa o filho na guarita do porteiro pra ir pra farra.
— Ihhhh....
— Falo, falo, eu falo mesmo.
— Já te disse Marina, dei apenas uma passada no Cosa Nostra e voltei pra casa...

— Selminha, eu não sou besta! Às vezes eu me faço de besta... Mas besta não sou...
— Não digo mais nada.
— É bom.
— Ainda mais essa estrada escrota, cheia de buraco, fim de mundo...
— Tá com raiva do mundo.
— Será que nunca vão consertar isso aqui?
— Já devias estar acostumada.
— Eu?
— Olha que coisa linda!

Avistaram a praia do Atalaia. O sol quente das dez horas da manhã era anulado pelo vento gostoso, refrescante, o cenário lindo do oceano e o céu azul. Dobraram para o lado esquerdo, do Baixo Atalaia, em direção à casa do Nandão, onde a *tchurma* se reuniria. Deixaram de reclamar da estrada, péssima, buracos, lama. A maré estava alta. Entraram na praia e margearam pela areia até a casa.

— Marina, vamos logo tomar um banho? Aproveitar que não tem ninguém. Quero tomar banho nua, contigo...
— Tá bom, vamos.
— Eu sabia que Salinas ia melhorar o teu astral!

Deu-lhe um beijo no rosto. Levantou sua camisa. Tentou abaixar o sutiã para dar outro beijo.

— Espera aí, porra. Olha o caseiro. Primeiro vamos chegar.

Chegaram. Os caseiros vieram receber. Eram todos conhecidos. Mas ninguém ainda havia chegado. Casa enorme, avarandada, para que todos deitassem nas redes e ali virassem os dias conversando, jogando, namorando, bebendo, curtindo. O paraíso. Botaram as bagagens no quarto que sempre era delas. Tiraram a roupa. Selminha fazia carinhos. Marina gostava. Nuas. Botaram cangas.

— Vamos pra água. Depois a gente vem. É só um mergulho.

Foram. Deram gritinhos porque a água estava gelada. Olharam em volta. Os caseiros, discretos, não estavam à vista. Nem ninguém mais. Tiraram as cangas. Marina era gorducha. Mas tinha belos seios. Selminha era linda. Marina não cansava de admirá-la. Era ciumenta. Muito. Selminha era uma vitória da natureza. Como levar uma vida tão maluca e ainda assim não ter um traço de celulite? Seios empinados, morenos, mamilos médios, bundinha empinada, abdomem perfeito e aquela floresta de pentelhos que ela nunca deixaria que fosse aparada, mesmo que isso fizesse com que ela só usasse biquínis grandes, ou então, às escondidas, biquínis sumaríssimos com todos os pentelhos se espalhando, sensualissimamente.

Agora, novamente, a admirava brincando na água, feito criança. Estavam saindo juntas há dois meses. Estava na Saldosa Maloca, uma tarde, quando a viu. E nunca mais se largaram. O mais impressionante é que era a primeira experiência de Selma com mulheres. Bem, isso ela dizia. Marina, antes, vivia com a sócia. Sócia em uma butique na Braz de Aguiar. Agora, a loja era uma guerra. Teve de acabar tudo com Lídia, amor de muitos anos. Selma era um tornado. Seu nome não podia sequer ser mencionado. Algum dia teria que desfazer a sociedade. Acabar com Selma, hoje, seria impossível. Trocou um relacionamento seguro, maduro, entre duas iguais por uma relação tumultuada, apaixonada. E criara mais problemas em casa. Os pais faziam que não sabiam que ela gostava de meninas. É claro que faziam de conta. E é claro que não gostavam de Selma. Aquele jeito dado, anárquico, espaçoso. Mas Selma era tudo o que precisava para voltar a gostar de viver. Não podiam morar juntas. A conta de motel, mensal, alta. Não podiam dormir na mesma cama. Não tinha condições de sair de casa. E mesmo que tivesse, tinha que tomar conta dos velhos. E Selma, com aquele filho, aquele pai, aquela situação, aquela liberdade. Estava fazendo dieta, ginástica, sem perceber, talvez estivesse querendo ficar igualzinha a ela. Fora gordinha a vida inteira e Lídia nunca reclamava. Selma sim. Selma exigia. E ela se esforçava.

Selma a trouxe para a *tchurma*. Liberdade total. Passavam no mínimo dois fins de semana por mês naquela casa. Haviam casais masculinos, femininos, normais, solteiros que iam só pela farra. E as drogas? Selma a havia iniciado. Como tinha apetite pela vida! Não podia se controlar. Toda sexta-feira o fornecedor aparecia com as petecas do fim de semana. Ou então era Johnny que fornecia. Aquele veado. Não gostava dele. Sentia ciúmes. Ele parecia saber demais. Conhecia Selma muito mais do que ela. E já tinham trepado. Ele a apelidava, brincava sempre. Era

espirituoso, criativo, sem dúvida. Animado, simpático. Mas ela era ciumenta e pronto. Uma vez, quando estavam se amando, na rede, ele quis entrar na brincadeira. Não deixou. Ele não gostou. Paciência. Mas estavam sempre juntos. Todos. Ela não podia estar sempre. Tinha a butique. Os outros iam sempre com Bob. Na butique de Bob, Prodigy. Ficavam de bóba, tardes inteiras cortando a vida de todo mundo. E se encontravam mais tarde no Cosa Nostra, no Zolt, onde desse. Mais tarde viriam Carlos Otávio, Guilito (tomara que não viesse com a mulher, aquela empata-foda), Júnior e Claudia, Manoel e Jobson, Bita e Rosinha... Meu Deus, que bundinha linda essa sacana tem, pensou. Parece um homem quando está trepando. Faziam uma boa dupla. E ela nunca estava satisfeita. Já tinham feito amor no banheiro de vários lugares públicos. Dera vontade. Nunca pensou que pudesse. Mas foi ótimo. Ideia de Selminha. Agora, ali, nua, naquele sol maravilhoso, vento refrescante, vendo Selminha, seu amor, nua, brincando, pensava que valia a pena por tudo. Deixa o mal humor pra trás. Estava esquecendo rapidamente sua mania de checar os movimentos de Selma. Perguntara ao porteiro, quando chegou para apanhá-la no prédio, a que horas chegara em casa. Ele disse que tinha sido há poucas horas. Cesinha ficara dormindo com ele na guarita. Essa Selma é doida. E com quem estivera? Ciúme incontrolável. Ela disse que chegou cedo. Precisou ir ao Cosa Nostra tomar uma. Mas acho que foi dar uma cheirada. Aquilo estava ficando pesado. E, com certeza, emendou caminho. A raiva queria voltar. Mas olhou novamente sua namorada e atendeu seu chamado. Selminha, linda, nua, naquele cenário, era um convite irresistível. Atirou-se na água e no corpo de Selma, refúgio conhecido, deliciosamente arriscado. Abraçou-a, apertou seus seios, sua bunda, respirou fundo e disse:
— Te amo.
— Também.
— Vem.
— Já?
— Não aguento te ver.
— Espera mais um pouquinho. Vamos curtir essa água...
— Por favor, vem.
— Tá bom.

Saíram abraçadas. Enxugaram-se, botaram as cangas e voltaram. Os caseiros reapareceram. Do nada. Esperariam os outros chegarem para decidir a programação. Foram para o quarto. Marina estava apressada, ávida. Selminha ria, feliz. Jogaram-se na cama e se amaram, salgadas, cabelos molhados, sem nenhuma censura. Ali, podiam fazer tudo. Saciadas, Marina ficou deitada, com as mãos fazendo carinho nos pentelhos de Selminha.
— Adoro isso.
— Vou cortar...
— Não deixo. Nunca.
— Vou cortar.
— Sacanagem.
— Onde estão todos? Tu não achas que eles estão demorando?
— Não acho nada.
— Vou ligar. Qual é o celular do Guilito?
— Vê aí na minha agenda.
Selminha levantou, pegou a agenda. Achou o número. Enrolou uma toalha no corpo. Foi à sala, telefonar. Nas primeiras vezes, aquela voz irritante: "Não foi possível completar sua ligação". Outras, ocupado. Pensou por que era tão difícil ligar pra celular em Belém. Conseguiu.
— Guilito? Selma. Como é, vocês não chegam? Já estamos no Sal...
— Não, Selma. Não vai ninguém.
— Como?
— Não avisaram vocês?
— De quê?
— Vocês não têm celular... Vai ver foi isso.
— E aí?
— Johnny morreu.
— Quê?
— Johnny morreu. Agora de manhã.
Sentiu um frio na espinha. Johnny morreu. Precisava manter a calma. Procurou uma cadeira. A perna fraquejava. Marina vinha saindo do quarto. Viu seu rosto. Fez sinais para que chegasse perto.
— Morreu de quê?

— Quem?
— Johnny morreu.
— Johnny?
— Foi. Guilito está contando. Não vem mais ninguém.
— Morreu de quê?
— É, morreu de quê?
— Ainda não sabem. A Lola encontrou ele na cama, morto. Ficou nervosa, chamou a Polícia.
— Polícia?
— É. Foi um investigador lá, imprensa, uma cagada.
— E aí?
— Deram uma aliviada na cagada. O cara trabalha bem. O corpo está saindo do IML.
— E aí, enterro e tal?
— A Rai está vendo o cemitério. Arranjei o velório aqui na Pax Marajoara. Fica quase em frente ao cemitério.
— Meu Deus, velório, enterro...
— É bom vocês virem. O fim de semana furou. O nosso Johnny...
— Johnny...
— Que horas vai ser o enterro?
— Sim, que horas vai ser o enterro?
— A Rai vai dizer. Acho que no final da tarde, sei lá.
— Nós já vamos pra aí. Tem mais alguém que não foi avisado?
— Não sei. Acho que o Carlos Otávio vai fazer isso.
— E ele lá tem cabeça pra isso?
— A Bita também vai ligar.
— Tá bom. Tamos indo. Sinto muito.
— Nós todos sentimos. Tu sabes, eu amava o Johnny. E nem agora quando ele morre eu posso desabafar.
— Eu também amava ele... Do meu jeito... A Marina sabe. Ela tá aqui do meu lado. Tchau. A gente se vê aí...
Sentaram. Olharam-se. Selma lagrimava. Marina, não. Mas estava triste. Pena. Acabou por abraçá-la. Como criança, tipo "encosta tua cabecinha no meu ombro e chora".
— Como foi?
— Não sabem. A Lola encontrou. Os legistas vão dizer.
— Ele espocava muito.

— Sempre viveu assim, loucamente.
— Mas ele se excedia. Lembra daquele lança-perfume? Ele cheirava até cair duro...
— Ele sabia o que fazia.
— Sei lá... Era tão estranho.
— Tu sempre implicaste...
— Não vou negar que não tenha ciúme. Mas é só ciúme. Ele era legal. Mas quando vinha pra cima de ti...
— Ele me amava. Me ajudou muito. Me compreendeu. Me animou.
— Vocês treparam muito?
— Tu sabes que nós namoramos.
— Pouca gente sabe. Todo mundo conhece o veado Johnny.
— Ele sempre alimentou isso. Pra faturar no salão. Nós trepamos sim. Tu sabes. Te contei. Ele te contou. Mas acabou.
— Acabou por causa do Leonel...
— É, foi. Aquilo foi barra.
— Pô, tu foste namorar o namorado do cara?
— O que eu posso fazer? Rolou... E deu no que deu.
— Ele sumiu mesmo.
— Sei lá.... Sumiu... Sei lá...
— Vamos arrumar as coisas. Temos que chegar na hora do enterro.

Avisaram os caseiros. Eles ficaram tristes. Johnny dava boas gorjetas antes de ir embora. Era animado. Apelidava o caseiro, sentava no seu colo, provocava sua mulher. Mas também emprestava maquiagem, enfim, fazia uma festa. Johnny era uma festa. Estavam todos tristes. Ficaram. Quando saíram, margeando a praia, deram mais uma olhada naquele cenário. Pena, o fim de semana prometia. O sol, o vento. Selminha. Ainda pensava nos sentimentos que tinha para com Johnny. Simpatia, raiva, ciúme. Agora, estava melancólica. Mais por Selminha. Sabia o que tinha acontecido. E em vez daquela alegria irresistível, Selminha agora ostentava um ar sério, pensativo, tristonho. Não se atreveu a cortar aqueles pensamentos. Concentrou-se na direção do carro. Em desviar dos buracos. Deixaram para trás o barco-monumento. Pensou na brincadeira da maré alta. De volta a Belém. Fosse uma volta normal e iriam parando no caminho para tomar cerveja, curtir a paisagem. Mas agora o toca-fitas estava desligado e Selma calada, encolhida, pensativa, séria. Nem uma carreirinha?, ela diria, com certeza, com aquela voz safada. Devia estar sofrendo muito. Será que, finalmente, ela sentiria o golpe? Johnny era muito amigo. Tinham afinidades. Sim, tinham ido pra cama. Porque será que sempre tinha que lembrar disso? Como será que a turma ia receber a notícia? Não iria ao enterro. Não gostava. A não ser que Selma exigisse. Não havia muito trânsito. Olhou para Selma. Não dizia nada. Concentrou-se nela.

5

Selminha. Menina danada. Idade imprevisível. Naqueles dois meses de convivência já tinha ouvido sua história de quatro a cinco maneiras, cada uma com detalhes ainda mais incríveis. Será que ela está sofrendo? Nunca deu bola pra nada. De Macapá. O pai enriqueceu no negócio do manganês. A mãe se recusou a morar no mato. Ficou em Macapá, com os filhos. Selma e Dorival. Selma já era Selminha. Dorival, o oposto, trabalha em um Banco, pacífico, solteirão, mora com os pais. Selminha era Selminha. Rápido a sociedade macapaense já sabia dela. E estava farta. Ela também. Macapá era muito pouco. O pai dava surras, quando sabia. A mãe, constantemente.

Decidiram mandá-la para Belém. Para estudar. Fazer o vestibular. Selminha, em apartamento montado, sozinha em Belém. Não fez vestibular, mas conseguiu um namorado, filho de família tradicional. Em Macapá, um urro de alegria. Da mãe, principalmente. Quando ela vinha a Belém, Selma fazia o papel perfeito de filha bem-comportada, namorando pra casar. Saíam para passear. Jantar no Roxy, no Lá em Casa, no Casablanca. E dormir cedo. Bola, a empregada que veio para tomar conta, não tinha coragem de contar. E também ainda não sabia se valia a pena. Todos torciam por Selma. A mãe ia embora crente que seu problema estava resolvido. E muito bem resolvido.

A mãe saía por uma porta e Adalberto entrava pela outra. E quem era Adalberto? O sobrenome era Matotti e a família já tinha dado até senadores. Hummm. Mas Adalberto era a ovelha negra. Não queria nada. Não estudou. Não trabalhava. É como esses sanguessugas que vão chegando, chegando e, quando a gente se dá conta, não consegue mais expulsá-los. Desses que não tem casa, não tem eira nem beira, e vão topando tudo. No primeiro dia já vai buscar o pão, leva crianças no colégio, esquenta o jantar, dorme em qualquer canto. Quando se quer expulsar, tarde demais.

Foi ele que apresentou a cocaína a Selma. Tinha uma turma que se reunia quase diariamente em uma casa no Reduto. E rolava de tudo. Selma mergulhou. Com Adalberto. Viviam da mesada de Selma. Iam levando. Mas o pior estava por acontecer. Engravidou. A mãe veio correndo ver. Perguntou pelo casamento. Selma abriu o jogo. Adalberto estava enrolado com a família, mas estavam vivendo como casados. Que dissesse ao pai que estava tudo bem. E eu sei muito bem como ela é convincente. A mãe decidiu ficar com eles uns tempos. Foi bom. Deu um tempo nas drogas. Adalberto, não. Mas escondia. A mãe perguntava pelo seu trabalho. Selma dizia que agora ele estava aguardando a aprovação de um projeto na Sudam. Por isso, todos os dias tinha de passar por lá. Mas quando o dinheiro viesse, tudo estaria bem.

Bola um dia resolveu contar. A mãe não a deixou chegar na metade. Não acreditou. Ou não quis acreditar. Ameaçou Bola de rua. Ela chorou. Voltar pra Macapá? Largar Belém, namorado, vida boa? Calou-se para sempre. O pai veio para o nascimento de Cesinha. O jornal de Macapá deu a notícia. O problema dos pais de Selma estava resolvido. Estava? Bola virou a mãe de Cesinha.

Selma logo voltou pra luta. Dormia até as duas da tarde. Lá pelas seis, pintava na Prodigy pro papo. Saía de noite e não tinha hora pra voltar. Mas a droga foi ficando cara. Ou aumentando o uso. Venderam o carro. Depois o sistema de som. Venderam o conjunto de sala. Bola emprestou. Adalberto estava ficando fraco. Um dia veio propor um negócio. Um amigo tinha simpatizado com ela. Dava em troca uma boa quantidade... Daí em diante, não prestou. Selminha também se engraçou. E não foi pra um. Vários. Acho até que sempre se engraçou. Eu e os meus ciúmes. Vai ver que, apenas naquela hora, Adalberto descobriu. Cesinha já tinha 4 anos. Adalberto levava pro colégio. Buscava. Comprava o pão. Um dia, a família o prendeu em casa. Saiu

dali direto para Porto Alegre, internado em uma clínica. Não deixaram nem dar adeus pro Cesinha. Voltava logo. Nunca mais. Era sério o caso do Adalberto.
 Mas Selminha não podia relaxar. Havia necessidades de momento que não a deixavam parar pra pensar. Será que também ficaria assim? Tomara que não. Acompanhava a namorada. Apenas isso. Era gostoso, claro. Mas ainda conseguia pensar. Selma embarcou direto. Encontrou com Carlos Otávio no Corujão, um sábado de manhã. Por intermédio dele, Johnny. E a turma. Saíam no jornal. Nas páginas de fotografia do *Liberal* e do *Diário*. Sempre abraçada, rindo, feliz. Ela sabia por quê. Uma vez a tinha visto no Trapiche, fim de tarde, sexta-feira. Sentava no colo de todos. Ria alto. Contava piadas. Ela era linda, morena, cabelo curtinho, cabeça perfeita, olhos negros, nariz fino, arrebitado. E charme. Muito charme. Nem precisava ficar naquela galinhagem toda. Era a rainha da turma. Mas nessa época nem podia olhar pro lado. A namorada brigava. Uma relação de amor e ódio. Não reparou, mas Selminha disse que naquela época já estava na turma o tal Leonel. Cria de Johnny. Namorado. Veio do interior, ali de perto de Salinas. Esses louros paraenses, cabelo queimado, tez morena. Selminha diz que ele era lindo. Johnny o educou, vestiu, ensinou. E o cara era inteligente. Sacou tudo. Conseguiu que Johnny alugasse um apartamento só pra ele, quase em frente ao seu apartamento. Mas era só dele. Pois não foi se apaixonar pelo Leonel? E ele correspondeu. Típico gosto pelo risco. Se viam e se falavam por código. Selminha nunca teve horário pra nada. Estava sempre disponível. E nunca deixou de frequentar Johnny, que não desconfiava. Selma era sua amiga. Uma das melhores.
 Nessa época, Bola desistiu. Mas teve bons motivos. Casou e foi morar em Barcarena. O marido era peão da Albrás. E Cesinha? De dia, se arranjava pelo prédio. Todos tinham pena. De noite, pra não dar na vista, e também por saber que era execrada pelos moradores, Selminha o deixava dormindo com os porteiros, na guarita, até chegar. Um absurdo. Mas não se metia. Uma vez, tentou e levou uma patada. Foi uma boa briga. Mas decidiu nunca mais dizer nada. O garoto não lhe era simpático. Não era bobo. Desconfiava de tudo. Escutava tudo

de ruim sobre a mãe. Paciência. Selminha com Leonel. Ela disse que era amor de verdade. Sei lá. Talvez. Iam fugir. Fugir de Johnny. Leonel ia pedir um dinheiro a Johnny e iam cair fora. Sumiriam. Não sabiam do que iriam viver, mas, às vezes, a gente está no meio do turbilhão e não se dá conta de nada. Leonel ia pegar o dinheiro. Não sei se iria contar. Selminha disse que Leonel sumiu. Nunca mais se soube dele. Não fez as malas. Não levou nada. Perguntou a Johnny. Ele não soube explicar. Sofreu muito. Johnny. Selminha também. Johnny ficou estranho. Muito estranho. Ainda não tinha se recuperado. Mas Selminha encontrou Marina. No Iate. Não, foi no Saldosa Maloca. Em frente. Estava com Lídia. Estavam brigando desde cedo. Ela decidiu voltar sozinha, aborrecida. Ah, foda-se. Foi quando a lancha de Guilito chegou. E aquele monumento de mulher invadiu sua vida.

Nunca vai esquecer. Devia ser lá pelas quatro da tarde, o sol em seu melhor momento. Ela estava com um daqueles biquínis que dava vontade de avançar. Linda, sorridente, assanhada, à vontade, entre as mesas, distribuindo alegria. Sentaram todos e ficaram papeando. Ela ficou assistindo até que os olhares cruzaram. Ficou aquela paquera. Um momento, ela levantou, sem chamar a atenção dos outros e chegou na mesa. Sentou, se apresentou. Iniciaram um papo que só foi acabar na manhã do dia seguinte, no motel Ele Ela, com champanhe, banheira e muito sexo. Nunca tinha visto algo assim. Não merecia. Ela era demais. Não cansava nunca. Bebiam, faziam amor e, de vez em quando, ela ia ao banheiro. Depois, sacou que era coca. Ainda não foi naquele dia que foi apresentada ao vício de Selminha. Estavam há dois meses em lua de mel. Ela parecia muito necessitada. Disse que não era uma questão de sexo, porque isso fazia constantemente. Mas era a entrega. Ela queria se entregar.

E eu? Nunca fui tão feliz. O caso com Lídia demorou a acabar. Ainda não está bem resolvido. Temos negócios juntas. E ela não pode suportar Selma. Não pode mesmo. Selma está mudando minha cabeça. Está me tornando mais participante do mundo. Mexeu nas minhas roupas, que realmente eram muito *sapato*. Fiquei mais animada, feliz, simpática. Olho pra ela e fico querendo decifrar seus pensamentos. Ela parece inatingível. Será que a morte de Johnny vai acertá-la? Era até bom haver Cesinha, o apartamento, os pais, a situação. Assim, continuava empurrando com a barriga a relação com os pais. Faziam que não sabiam. Não gostavam dela. Bom. Não tinha que ir visitar e não perguntavam nada. Selminha era uma extravagância pra eles, comparada com Lídia. Deixou de frequentar boates *gays*. Agora, Zeppelin, Iate, iam todos, de turma, homens e mulheres. Era uma bomba atômica a namorada que tinha. Mas agora, pensativa, calada, era Johnny que havia morrido. E ela manteve um respeitoso silêncio, a cabeça lotada de pensamentos. Pensamentos felizes. Era feliz. Estavam chegando.

— Vais ficar em casa?
— Não, vou lá na casa do Johnny, primeiro.
— Pra quê? Ele deve...
— Quero ir, sei lá, quero ver, falar com a Lola, se estiver lá.
— Mas vais assim, de *short*?
— Não, vou botar uma calça.

Pega a sacola, no banco de trás. Tira uma calça *jeans*. Tira o *short*. Selma não usava calcinha, a não ser "naqueles dias". Botou a calça. Passou a mão nos cabelos.

— Estou pronta.
— Vou pra casa. Me liga.
— Vais no enterro?
— Não sei. Me liga.
— Marina, vai...
— Não sei.
— Por mim.
— Não sei. Não gosto.
— Quem gosta?
— Me liga.

6

Rai bateu. Lola foi atender. Ouviu quando as duas vieram sussurrando. Lola devia estar contando de sua presença, ali. Ela entrou novamente desconfiada. Falou que veio buscar as roupas para Johnny. Disse que Lola escolheria. Ela sabia.
— Por favor, não mexa em nada.
— Pode deixar. Quero apenas as roupas.
— Eu vou pegar.
— Guilito já está lá na capela mortuária esperando o corpo.
— Vão liberar agora?
— É.
— Tá bom assim?
Lola havia escolhido uma roupa escura. Johnny gostava de roupas pretas. E botas.
— Bota uma gravata.
— É, fica melhor.
— Johnny de gravata?
— Ele tinha, para quando fosse necessário.
Rai olhava em volta, dissimuladamente. Mas estava percebendo. Eu a estava observando. Os olhos, muito rápidos. Em vão. Acho que nem reparou que o videocassete estava ligado.
— Vou pedir pra perícia voltar aqui e pegar digitais nesse vídeo.
— Que tal, descobriu alguma coisa?
— Ainda estou investigando. O IML vai dizer alguma coisa da causa da morte.
— Quando deve ter uma resposta?
— Não sei, vou ligar para um amigo, lá. Depende. Pode ter sido natural, um ataque cardíaco, sei lá. Mas se houver alguma

outra coisa, podem pedir o exame e ainda vai demorar mais alguns dias.
— Que coisa?
— Drogas, por exemplo. Está vendo ali? (aponta para o pires com restos de cocaína).
— Sei.
— Você sabia disso? Que Johnny consumia drogas?
— Sabia. Era só cocaína. Maconha de vez em quando...
— Grande preferência...
Tocam a campainha. Lola vai abrir. Alguém vem falando alto. Não pôde deixar de admirar. Era de carne e osso. Entrou um avião. Bronzeada, morena, bonita, *jeans* e sandálias havaianas. Que coisa. Rai a recebeu friamente. Com uma certa hostilidade. Seria apenas a eterna guerra das mulheres ou haveria alguma outra rivalidade? Aquele Johnny estava me saindo dos bons.
— Boa tarde.
— Esta é a Selma, amiga do Johnny.
— Oi, Rai.
— Oi, você soube? Estávamos esperando todos em Salinas. Liguei pro Guilito e ele me disse. Estou chegando de lá agora.
— Esse é o delegado Gilberto.
— Muito prazer.
— Era amiga de Johnny?
— Sim. Muito.
— Quando o viu pela última vez?
— Não sei. Uns dois dias, sei lá.
— Ele estava bem?
— Normal. Lola, está tudo certo por aqui? Como foi?
— Menina, eu cheguei de manhã e fui acordar, tu sabes. Ele estava de bruços. Pensei que estivesse dormindo, fui fazer um carinho, senti o corpo gelado. Levei o maior susto com o rosto. Os olhos assim, esbugalhados. Foi horrível. Chamei o porteiro e aí chamamos a Polícia.
— Descobriram alguma coisa?
— Estamos trabalhando.
— Como é o seu nome mesmo?
— Gilberto. Delegado Gilberto Castro.

— Onde é o velório?
— Na Pax Marajoara, ali pelo lado do cemitério.
— Santa Izabel?
— É. O Guilito conseguiu. Bom, as roupas são estas? Vou andando. Vens ao velório, Lola?
— Acho que sim. Não sei. Tenho ainda que passar em casa.
— O senhor irá?
— Vou. Com certeza, vou.
— Então, até mais.

Deu uma última olhada e saiu. Curioso como ela conseguia segurar as emoções. Era exatamente essa segurança que me empurrava em sua direção. Era muito fácil. A filha se queixa. Ela liga para Johnny, que provavelmente a escorraçou. Vem ao apartamento. Ele vai ao banheiro. Ela retira a fita do vídeo. Aí, não sei mais. O que teria feito Johnny morrer? E agora esta mulher, linda, cheia de vida, mas com aquele quê de diferente, de quem experimenta de tudo. Ela deve ter muita força. Parece que transa com drogas e, no entanto, o cabelo, o rosto, a pele perfeita. E ela é linda. Estava se sentindo atraído. Muito pouco profissional. Mas não estava conseguindo evitar. E ela também estava curiosa. Estava diante de um perigo. Sabia disso. Ah, quanta pretensão. Deixa pra lá. Lola ensaiava algumas lágrimas no ombro de Selma. Falavam de Leonel. Que havia sumido. Que as coisas estavam desmoronando. Acho que era a vida de Lola. Realmente, não sei o que dava para fazer.

— Vou precisar do seu endereço. Talvez tenha algumas perguntas.
— Suspeitando de crime?
— Não sei. Não parece. Mas é bom saber.
— Ele era muito meu amigo. Eu o queria como um irmão.
— É, parece que muita gente gostava dele.
— Mande avisar quando for me procurar, tá? É pra saber. Escuta, eu vou precisar de um advogado?
— Acho que não. Quero apenas umas informações. Você era amiga.
— Tá bom. Mas olha, por favor, não me meta com Polícia, viu?

Naquele instante, seu nariz arrebitado ficava ainda mais bonito. Aquele olhar desafiadoramente feminino, de quem blefa

com seu charme. Aquilo seria um convite? Não. Imagina. O amigo, morto, indo pro velório. Quanta pretensão.
— OK, pode ir.
— Tô indo, Lola.
Olhou o endereço.
— Perto daqui. Ali na Arcipreste.
— É, às vezes ela vinha aqui duas, três vezes por dia. Johnny me dizia.
— Escuta, não sai uma comidinha? Você não almoça?
— Deve ter alguma coisa. Eu faço.
— Por favor. Enquanto isso eu vou telefonar pro IML.
Lola foi para a cozinha. Engraçado, agora tudo estava diferente. O ar do apartamento. Um ar de ausência. E olha que Johnny passava o dia fora. Tirou alguns Chickenitos do congelador e botou no micro. Agora é que estava entrando na cozinha. Tinha que ser na base do micro-ondas.
— Agberto, meu amigo, que tal?
— Já liberei o corpo.
— E aí? Causa da morte?
— Olha, ele tinha uma cardiomiopatia hipertrófica.
— Quê? Fala direito.
— Tá bom. O coração era doente, com uma espessura maior que a habitual. Isso às vezes dá poucos sintomas. O cara não liga...
— E aí?
— Bem, foi uma parada cardíaca, seguida de convulsão, parada respiratória e aí, já viu.
— Pode ter sido motivada por susto, discussão, ameaça?
— Pode, mas não é determinante. Pode não ter havido nada e ele ter tido o ataque.
— Só?
— Não. Não é só. E isso você vai gostar. Como sabia quem era a vítima, dei uma olhada no rinofaringe, nas fossas nasais. Encontrei nódulos esbranquiçados. Isso é sintoma claro de droga cheirada...
— Cocaína?
— Pode ser.
— Acho que era cocaína. Encontrei aqui, em um pires, restos da coca.

— Deve ter sido uma *overdose*.
— E aí?
— Vou pedir um exame toxicológico nas vísceras e tal.
— Quanto tempo?
— Um, dois dias. Tu sabes, hoje é sábado.
— Tá. E no atestado de óbito?
— Coloquei parada cardíaca.
— Então é isso, Agberto. Por favor, me mantém ligado.
— Tá. Eu te aviso.
Lola assistia à conversa.
— Que tal?
— Liberaram o corpo. Parada cardíaca. Mas tinha coca na parada.
— A coca foi a culpada?
— Não sei. Pode ter sido coincidência. Ou sei lá. Ainda não sei se tenho um caso. Tem comida?
— Tem. Por aqui.
Um apartamento dentro do apartamento. Lola vivia em um mundinho, ali. Johnny tinha mania por obras. Vivia levantando paredes, derrubando outras, transferindo portas. A cozinha era um brinco, dessas que ficarão como novas a vida inteira. Vi o quarto, com uma cama confortável, televisão, muito bem instalada. Sobre uma mesinha, uma foto de Lola com a filha, na frente do carro.
— Como é o nome dela?
— Cynthia.
— Linda.
— Vem comer.
Comeram rápido. Em silêncio. Entregues aos seus pensamentos.
— Vou dar uma olhada nos vídeos. Se quiser não precisa ver.
— Não quero. Posso dar uma passada em casa?
— Vai. Não quero ninguém aqui. O apartamento vai ficar interditado. Não volte aqui sem me avisar. Vai ao enterro?
— Não sei. Talvez. Ou então, vou amanhã no cemitério. Não gosto dessa gente.
— Tá bom.
Sentou-se na beira da cama. Cama gostosa, dessas de loja de decoração. Deve ter custado uma baba. Abriu o

armário arrombado. Botou uma fita. Johnny e um garoto. Não devia ter mais de 13 anos. Aquilo era foda. Parecia uma grande brincadeira. Será que o garoto também estava na jogada? Quando acabava uma farra entrava outra, com um garoto diferente. E garotas. Diferentes. Não era excitante. Era chocante mesmo. Johnny era um animal. Ei, espera aí. Desta vez há dois garotos. Um deles está no chão, inerte. O outro tenta escapar. Johnny o segura e o imobiliza para fazer sexo. E o outro, inerte? Morto? Morto? Corte. Pegou outra fita. Outros garotos e garotas. Pegou uma fita bem do fundo. Novamente. Mas agora aparecia outra pessoa. Um louro, como Johnny. Mas era um louro brasileiro. Que filhos da puta. Os sorrisos. As gargalhadas. Os gozos. Embrulhou o estômago. E olha que era acostumado. Veio subindo uma raiva, sabe, uma raiva forte, silenciosa contra aqueles caras, aquela cama, aquela colcha de cetim. Mas tinha de assistir. Raiva daqueles quadros, da aparelhagem, dos Chickenitos, do micro-ondas. Os vídeos mais antigos tinham sempre Johnny e o cara. Será que era o... Procurou na caderneta... Leonel, que a Lola falou. O que sumiu. Sumiu pra onde? Vontade de tomar uma cerveja. Pra pensar melhor. Talvez tivesse na geladeira. Não ia pegar. Já tinha tido problemas com isso. Já era visado. Deixa pra depois.

Então era essa a *tchurma* alegre de Belém. Isso vai virar um escândalo. Talvez seja interessante deixar encoberto o assunto. Vai ver, ia aparecer um figurão botando panos quentes. Já tinha visto o suficiente. Se fosse preciso, veria mais. O Bode ia gostar de saber. Mas tinha um caso? O cara morreu de ataque cardíaco, depois de dar uma cheirada. Depois de comer a afilhada? Teria sido tudo naquele dia? Bem, o cara estava morto. O outro, sumido. Podia apertar Lola, mas acha que ela não sabia mesmo. E as crianças? Onde estariam? Que coisa mais suja. Deu uma geral nos armários. Já tinham reunido todas as petecas. Tinha dólares escondidos. Deixa lá. Muitas roupas. Produtos de beleza espalhados no banheiro. Todos importados. Cremes para a pele. Pô, o cara não tem um livro em casa? Lembrou do livro que estava lendo, sobre Garrincha. Ele sabia muito bem o que era aquela história. E aquela Selma, saberia de mais alguma coisa? Teria de perguntar. Que mulher linda. Não seria estorvo nenhum conversar com ela. Olhou o relógio. Era bom dar um pulo no velório. Dar uma olhada na turma.

7

O enterro de Jonny. Velório divertido. Chegou de táxi. Um roubo. O carro caindo aos pedaços. As ruas esburacadas. Estava chovendo. Era tempo. O "tempo dela", diziam. A chuva. Gostava de brincar quando vinham pessoas de fora e na hora daquela conversa mole, dizia: "aqui, no verão, chove todo dia. No inverno, o dia todo. É uma diferença sutil". Dava certo. Gostavam.
  A atmosfera do velório. Trata-se de algo pesado, abafado pela dor. O corpo, as velas, o ritual do ente querido debruçado, chorando. A timidez em ir até os familiares dar condolências. Mas, depois disso, relaxar. Era ir até lá fora fumar um Derby e ficar conversando com os conhecidos. Falar sobre o falecido. Sobre o tempo. E depois cair fora. Rituais. Mas ali, não. Johnny não tinha parentes, aqui. Estava a *tchurma*. Bem, esperava mais gente. Já estava quase na hora de sair o enterro. As desculpas, caindo. Johnny era uma figura da cidade. Não estava morrendo de Aids, por exemplo, o que afastaria todos. E mesmo assim, só a *tchurma*. O resto tinha medo de ser vinculado, imagino. E a *tchurma*, curtindo. Não havia ninguém debulhando lágrimas sobre o caixão. Estavam rindo, contando *causos*. A perua Rai estava lá. Guilito também, com a mulher chata. Selminha e uma gordinha. Outros. Tinha que checar nomes com Rai.
  — Pensei que viesse mais gente.
  — Isso é Belém. Agora, fazem de conta que nem o conheceram.
  — Quem é aquele?
  — Qual?
  — O gordinho, de barba.

— Bob, dono da Prodigy, o *point*.
— Quem mais?
— Nandão, Carlos Otávio, Júnior e Cláudia, Manoel e Jobson, Bita e Rosinha, Selminha e Marina.
— Ah, Marina.
— Essa é a mulher do Guilherme?
— Do Guilito? A Carmem. Eu não me dou muito com esse pessoal. Conheço o Johnny de outros carnavais. Outra turma.
— Sei. Eles são animados.
— Falta de respeito. Tá certo que o Johnny não ia querer ninguém aqui se afogando em lágrimas, mas eles são inconvenientes. Parece que nem vão sentir falta.
— Talvez ainda não tenham dado conta da ausência, sabe? A ausência é que machuca. Escuta, não veio ninguém do salão?
— Só a Maristela e a Rosalina. Uma é pedicure, outra a gerente. Não. É o contrário. A Maristela é a gerente e a Rosalina, a pedicure. Por sinal, uma merda de pedicure.
— Quem faltou?
— Ah, sei lá... O Dom Juan não veio.
— Quem?
— O cabeleireiro. Bicha metida...
— Era sócio?
— Não. Johnny era o dono. Mas a bicha sempre quis. Dá licença porque eu vou ligar pro celular do padre, sabe? E a Lola?
— Tá.
Cheguei perto da turma. Falavam alto. Riam. Falavam de Johnny.
— Johnny não andava de jeito nenhum no banco de trás do carro, lembram? Uma vez, na porta do Mamma Mia, no auge do Mamma Mia, a gente ia pro T-1 e ele brigou com a Tita, lembra? A Tita, aquela que saiu comigo uns tempos. A Tita disse que ia na frente. Ele fez caso, rodou a baiana e a Tita passou pra trás.
— Lembra daquela vez em que nós fomos pra New York? Ele passou a noite acordado, fazendo festa, se preparando pra "New York, New York" (cantando). Tinha os endereços, dizia que ia esnobar a gente e na hora de embarcar descobriu que não tinha

feito a confirmação da reserva e não tinha lugar. Nós fomos todos e ele ficou com mala e tudo na mão...
— Eu fiquei com ele. Tinha ido só deixar vocês. Ele ficou tão puto que fez um escândalo no balcão. Fez aquela baiana dele, simulou desmaio, vocês lembram... Deixei ele em casa. Sabe o que ele fez? Ficou trancado três dias, sem sair de casa, enquanto davam jeito de botar ele em outro voo. Pra todos os efeitos, tinha viajado. Me proibiu de dizer que não...
— Aí, quando ele chegou em New York, nós estávamos na rua.
— Menos eu que ainda tava dormindo.
— Também, tu só pensas em dormir.
— Ele chegou e quando eu acordei, ele estava na banheira, com aquela espuma toda, fazendo a Marilyn Monroe...
— Johnny era foda.
— E quando ele ensaiava as candidatas do Rainha das Rainhas?
— (Imitando) *Darling*! *Darling*! Cadê seu charme! *Be a woman*! *Be a woman*! Esfrega essa boceta na cara dos jurados...
— Ninguém desfilava melhor do que ele.
— E aquela em Salinas?
— Qual?
— Antiga, quando o Nandão ainda não tinha casa...
— Deixaram ele na praia, de noite, nu...
— Teve de bater na casa do pescador e pedir uma roupa...
— Ele pegou o ônibus de volta. Voltou de calça de pescador pra casa.
— Veio todo mundo de volta, atrás dele...

Esse era um velório diferente. Até que gostei. Lembraram dele com interesse, com brincadeira. Quando chegou o padre, foi um tal de pedir silêncio...

Continuava chovendo. Quando bateu aquele sino marcando a entrada do corpo no cemitério, bateu uma tristeza geral. Aquele sino é fogo. Acho que nem pensamos no morto. Pensamos em nós. Quando entraremos ali? Fomos em silêncio, acompanhando a carreta com o corpo. Estávamos todos encharcados. Caminhamos por aqueles caminhos sinuosos, absurdos, retrato fiel da nossa administração pública. Acabaram com as alamedas, com as ruas, invadiram tudo. O importante era vender espaço para novos túmulos. Não ia ali há muito. Não gosto. Mas se tivesse de voltar, não saberia encontrar nada. A chuva caía mansamente naquele imenso silêncio, cortado por aves distantes, melancólicas, enquanto ouvíamos os tufos de terra caindo sobre a madeira do caixão. Voltamos todos juntos até a entrada do cemitério. Deixei que naturalmente emparelhasse com Maristela e Rosalina para me identificar.

— Rosalina?
— Não, Maristela. Rosalina é ela.
— Sou o delegado Gilberto Castro. Atendi ao chamado e encontrei Johnny.
— Ah, foi o senhor.
— A Rai nos contou que o senhor evitou maior escândalo.
— Era meu trabalho.
— Será que mesmo assim vai dar no jornal?
— Não sei. Parece que Johnny tinha amigos e inimigos...
— Aqui em Belém...
— Ele vinha recebendo alguma ameaça, brigando com alguém, se portando estranhamente?
— Johnny? Mas quando!
— Johnny era sempre o mesmo. Só ficou diferente quando Leonel sumiu.
— Conheceu Leonel?
— Ouvi falar. Vocês têm alguma ideia?
— Do Leonel?
— Sim.
— Não. Ninguém sabe.
— Foi estranho mesmo.
— Johnny poderia ter...
— Johnny?
— Não faria mal a uma mosca. Imagina o Leonel, que ele amava...
— O senhor soube, né? Eles eram namorados. Desculpe se o senhor não...
— Sem problemas. E o Johnny, não estava estranho esses dias?
— Não, normal. Difícil saber dele. Era alegre, expansivo, carinhoso.

— Mas acabar assim...
— E como é que vai ser no salão?
— Não sei. O Nandão disse que ia procurar um advogado pra saber da nossa situação.
— Não veio todo mundo de lá.
— Um bando de falsos. O senhor sabe como é.
— Tem um Dom Juan...
— Que Dom Juan porra nenhuma... Desculpe... É um veado. Dom Juan é apelido.
— Se dava bem com Johnny?
— O Johnny sabia levar ele. Mas vivia se queixando de levar o salão nas costas.
— Ele gostava de falar...
— Grandes merdas cortar cabelo...
— O Johnny é que era o bom. Hoje em dia, mais importante é fazer RP, né?
— E Johnny era bom?
— O melhor.
— Trabalham segunda-feira?
— Não sabemos. Mas vamos pra lá.
— Eu passo lá. Obrigado.
— Delegado, me diga uma coisa: por que a Lola não veio? Ela não estava no apartamento?
— É, não sei. Ela disse que talvez viesse...

Reuniram-se na porta. A *tchurma*. Faltava assunto. Carlos Otávio deu partida e os outros foram saindo.
— Vou pro Corujão. Estou atrasado umas quatro.
— Vou pra casa que é melhor.

Pensei que era uma boa ideia. Uma excelente ideia. Mas não agora. Ainda tinha de passar na Seccional para dar conta dos acontecimentos, fazer anotações. Depois, iniciaria minha noite. E a noite seria longa. Aquele gosto da cerveja descendo gostosamente pela garganta quase me deixou tonto. Hoje fora muito difícil aguentar. Mas queria ficar sozinho. Não bebia socialmente. Eu precisava beber. Por isso, sozinho, no balcão do bar, no máximo trocando umas palavras com o *barman*. Peguei o táxi. Seccional da Cremação. Johnny estava enterrado.

8

Babalu. É claro que gostava do apelido. Era parecida. Talvez até mais gostosa. Olhava-se no espelho quebrado em seu canto. Porque aquilo era um canto, não era um quarto que ela dividia com três irmãos menores, desdentados, sujos, maltrapilhos, que passavam o dia brincando na lama. Agradecia a Deus diariamente por tê-la feito bonita. Bonita não, linda. Os caras da vizinhança viviam dando em cima mas não adiantava. Ela ia sair daquele buraco e ser alguém. Ia cuidar disso direitinho. Bibi, o veado, reunia meninas para oferecer como manequins. Já havia feito desfiles. Posou para fotos. Tudo direitinho. Aos 14 anos, já tinha corpo de 18, com seios pequenos mas firmes, quadris e pernas. Sim, pernas. Era do que mais gostava. Passava e sentia os olhos lambendo sua figura. Para os invejosos da vizinhança, era a "trocadora", porque seu pai trabalhava em um Jurunas-Cremação. Imagina se ele sabe disso. Mas fora daquele buraco, era a Babalu que desfilava cheia de charme e beleza.

Bibi estava trabalhando para colocá-la disputando o Rainha das Piscinas por um clube, não sabia ainda qual. Por conta disso já estava pegando sol, todos os dias, na casa de uma amiga, ali no Marco. Pegavam sol no quintal e de tarde iam dar uma volta no Iguatemi. Uma galera se reunia. Tinha azaração e tinha também programa. Ela não fazia. Estava se guardando. Bibi dava força. Também queria faturar. Disputava concursos desse tipo com outros veados e suas candidatas. Um campeonato particular, duríssimo. Estava com Bibi e Bibi estava com ela. Por isso, atendeu o chamado para um desfile, no sábado. Lá pelas nove da manhã o transporte a apanharia

na ponte do Galo. Bibi à bordo. Saiu quinze minutos antes. Driblou os olhares, ciente de sua importância e foi decidida para o ponto de encontro. Bibi chamou de uma Kombi. Já estavam duas outras meninas. Zita e... Como era mesmo o nome da outra? Cláudia. Ah! Dali, foram apanhar as outras.
   Quando estavam todas, onze, virou uma festa. O calor era infernal e o conforto, nada. Mas estavam alegres. Bibi fazia a zona com suas piadas e a gargalhada irresistível. Tomaram o viaduto do Coqueiro. À medida que foram passando pelos motéis, aumentaram as brincadeiras. Agora era com o motorista que também estava à vontade, imagina, no meio de todas aquelas meninas. De repente, Bibi fez o sinal e a Kombi entrou. Em um motel. Houve silêncio. Bibi já falava com o porteiro. Estavam sendo esperados no Setor Especial. Já tinha ouvido falar. Uma área grande, com piscina, churrasqueira e quartos para grandes farras ao ar livre. Uma lá decidiu perguntar qual era. Bibi disse para esperar que ia explicar. Ultrapassaram o portão do Setor Especial. Pararam. Veio uma e disse que era bom ele explicar, porque tinha vindo para desfilar. Bibi disse que era isso mesmo. Que era um grupo de empresários de moda que vinha escolher manequins para desfile. Mas na piscina? Disse que veriam biquínis e pronto. Rolou um zum-zum-zum. Mas é que elas eram foguentas mesmo. Piscina, televisões, som, churrasqueira, já viu.
   Chamei a Mara, assim de canto e disse que não tava a fim. Mas senti que ia ficar chato. Puta, uma cilada. Esse veado! Chamei o Bibi. Ele me disse pra ficar fria. Que se rolasse alguma coisa eu ia ficar de fora. Tava ali mais pra dar um colorido pra cena. Que as outras eram feias e ele precisava de mim. Não precisava fazer nada. Nada mesmo. Nadinha de nada. E se algum mexesse comigo, me puxasse? Ele ia ficar por ali. Papai sempre conta de um tal de "segundo fatal", em que a gente decide as coisas e pronto. Decidi ficar. Não sei se pra não ser chata com as meninas. Ou pelo Bibi, que precisava da ponta. Ou se por curiosidade pela constatação, mais uma vez, se os homens gostavam de mim. Se eu era mesmo a mais bonita. Que merda!
   Enquanto estávamos sós, por ali, foi uma alegria. Mas o Bibi veio avisar que estavam chegando. Chamou a gente pra porta. Não vieram de uma vez. Carros importados. Iam saindo, assim,

meio encabulados. Um se amparando no outro. Com piadinhas. Mas não encaravam a gente. Foi um e chamou o Bibi, pra saber se estava tudo certo.

Entramos. Ficou engraçado. Eles de um lado, olhando, segredando, comentando. Nós, do outro, fazendo de conta que nem nos importávamos. Pois é. Começaram a sair as bebidas. Corri pro frigobar. Estava limpo. Ordens deles. A gente sempre aproveita pra tirar uns chocolates e tal. Naquele instante, o Bibi era a estrela, transitando entre os grupos, fazendo piadas, rindo alto, tentando enturmar a todos. A música tocava alto. Vídeos. Sol médio, aquele mormaço dessa época em Belém. A Jussara chamou e perguntou se era apenas pra ficar fazendo onda, sem transar. Bibi disse que era só onda, namorico e tal, sem transar. A Zita se atirou na piscina. Foi logo um atrás. O lance estava começando.

Chegavam todos perto de mim. Me admiravam de cima a baixo. Alguém pegava no meu cabelo. Vinha uma mão assim na minha coxa. Eu não deixava. Afastava, assim, de leve. Dei uma olhada pro Bibi e ele foi lá com o cara que, parece, comandava os caras. Era um cara brancão, assim forte, devia malhar pra burro. Devia ter seus, quem sabe, 45? Sei lá. Nunca fui boa pra idade. Um coroa malhado. Ele concordou e tal. Discretamente deu uma chamada na turma. Fiquei ali de enfeite. As outras meninas já estavam deixando os caras avançarem. Umas foguentas. Um bando de homem gordo, sem graça, tirando piadas só entre eles. A Perpétua na piscina. O cara por trás, na maior sacanagem e ela gostando. A manhã ia alta. Manhã, nada. Já era tarde. Alguns estavam sem camisa, outros de sunga e outros, mais assanhados, de cueca.

Tinha de pensar em um jeito de escapar. Já tinha feito a minha parte. Queria ir embora. Rolava churrasco. Aceitei. Era o tal cara, grandão, com aquela cara horrorosa. Procurei o Bibi. Não vi. Devia estar lá dentro, animando outra turma. O cara me chamou pra dentro da cobertura. Tinha uma espécie de saleta com sofás, bem escurinha. Sentamos e ele chegou perto. E o Bibi? Disse que não sabia, que deixasse pra lá a bicha, que estava interessada é em outra coisa, vai ver. O Bibi já foi, pensei. Levantei rápido. Fui procurar. Havia três quartos. Abri um deles. Um gordo montado na Silvana, trepando. Não perguntei nada.

Abri outro. Tinha duas com um cara. Puta, cilada, tenho que sair. Na piscina, nada de Bibi. A maior sacanagem. Os caras já tinham bebido pacas. E veio aquela mão na minha barriga, me puxando. O cara. O nome era Cristóvão. Senti, na força, que não tinha como sair fora. Gritar, dar escândalo? Como? Sentei, mansamente. Fez um silêncio que era um silêncio apenas para mim naquele lugar escuro, onde os outros não vinham. Não era frescura, não. Já não era virgem há muito. O Joca já vinha me comendo há tempos. Um modelo, também. Um deus de beleza, pelo menos pra mim. É que não era a minha. Eu estava me guardando. Eu ia sair daquele buraco. Não ia virar garota de programa com um coroa asqueroso como aquele. A voz dele horrorosamente mansa, como um carrasco e suas boas maneiras para com um condenado. Tentei sair fora perguntando sobre sua vida, seu trabalho. Disse que era dono de uma rede de lojas. Perguntei se fazia exercícios, elogiando seu corpo. Imagina, aquele corpo... Disse que lutava boxe pra fazer a cabeça e manter os músculos. Que tinha um gênio muito forte e já tinha batido em muito homem metido a besta. Mas com mulher era outro esquema. Perguntou meu nome. Disse que o apelido era Babalu. Se derreteu. Ahhh, se derreteu. Putz. E veio chegando perto. Como última medida, pedi algo para beber. Mas ele percebeu a jogada. Disse que ia me dar de beber, mas era outra coisa. Sim, imaginei o que era. Ficou malicioso, perigosamente malicioso. Aquilo estava ficando perigoso. Muito. Tocou no meu seio. Tentei afastar. Jogou seu peso sobre mim. Beijava o meu pescoço. Eu adoro isso, mas ali, não dava. Puxou a boca pra dar um beijo. Aguentei a pressão da boca dele, com um hálito que misturava uísque e churrasco. Farofa. E a mão veio e me arrancou o sutiã do biquíni. Agora já tentava me recompor e não conseguia. Ele era muito pesado. Veio pra cima. Era uma luta surda. Ele murmurava algumas coisas querendo ser romântico. Imagina, romântico. Estava com falta de ar. Ele era pesado e forte. Muito forte. Veio pra cima. Rasgou a calcinha do biquíni. Me meteu a mão. Não era uma coisa de jeito. Era violência mesmo. Meteu dois dedões grossos na minha boceta. Pra rasgar mesmo. Aí a voz estava pesada, com palavrões no meu ouvido, a boca voltava a beijar, não me deixava respirar.

Tentei gritar. À merda com o escândalo. Não consegui ar. Com a outra mão ele desabotoou a calça e quis me penetrar. Fechei os olhos, imaginei que seria um pau gigantesco, enfim, já nem conseguia pensar naquela sequência rápida. Mas não. Ele era pequeno. Pequeno pacas. Ele começou a fungar e, infelizmente, não consegui prender um riso. Pouca coisa mas foi um riso. Pra que fui rir, meu Deus! Pra quê fui rir! Porra, acho que isso é que era a merda pra ele. Me deu um tapão pra calar a boca. Me virou de bruços, botou a mão na minha boca, forçou o pescoço pra trás. Me botou na bunda com toda a força no seco mesmo, sem camisinha, sem nada. Doeu. Mas foi pela violência. O cara era pequeno. Pior, estava diminuindo. Acho que a merda foi ter rido dele. Levei um socão na costela. Fiquei ofegante. A respiração foi embora. Vai ver, quebrou a costela. Levei outro soco, na cara. O cara amarrou a camisa na mão e começou a me socar. Quebrei o nariz no primeiro. Os dentes. Não vi mais nada. Havia uma névoa. Acho que tinha sangue. Escorria nos meus olhos. Na boca. Ele me tampava a boca pra não gritar. E aquele silêncio estava voltando. Ouvia, longe, os gritos das foguentas gozando. As piadas altas. Gente se jogando na piscina. E ele me socando a barriga. Me deu um chute nas pernas. Não conseguia nem gritar. Queria pedir perdão. Queria dar pra ele. No amor, mesmo. Queria chupar o pau dele até endurecer e dizer que era enorme. Mas já nem tinha reação. Por que, perguntava com os olhos. E os olhos dele tinham um brilho terrível. Meu Deus, minha mãe, como vai ser isso. Parou, ofegante. Decidi fechar os olhos. Levemente entreabertos. Tudo me doía muito. Achei que ia morrer. Estava morrendo. Tive um desmaio. Sumiu tudo.

    Quando acordei, ele me levava pra uma espécie de garagem, por trás da cobertura. Ninguém viu nada. Ninguém via!! Não podia dizer nada. Não conseguia falar. Estava como uma morta. Será que ele pensou isso? Ofegante, ele me passou por cima do muro e me jogou do outro lado. Queria se livrar de mim. Estava doidão. Caí do outro lado. Num instante, aquele horror todo tinha cessado. Caí no mato, na lama. Não conseguia me mexer. Ali estava silêncio. A vida, ali, seguia seu caminho normal. Acho que tive outro desmaio. Acordei de manhãzinha, com frio. Estava nua. Não conseguia nem me mexer. Nem levantar. As formigas faziam uma festa. Mas estava doendo tanto que isso era de menos. Será possível que ninguém tenha dado por falta de mim? Vai ver, nem perguntaram. Se o Bibi se mandou e tudo bem... Vai ver tinha dito que eu também tinha me mandado. Não tem jeito. Tentei de várias maneiras, até conseguir ficar de quatro. Era um campo de futebol, abandonado, atrás de uma casa, fechada. Não adianta, não conseguia se mover. Desmaiou novamente.

Acordou com sol de oito da manhã. Era domingo. E lá em casa? O que ia dizer em casa? Como ia explicar? Ia apanhar ainda mais do pai. E a vizinhança. Meu Deus, porque será que isso foi acontecer comigo? Um cachorro se aproximou. Um cachorro! Vai me morder! Ficou imóvel. O cachorro latia à sua volta, incomodado. Viu no avarandado que circundava a casa, um homem. Parecia um caseiro. Tentou gritar. Como. Não teve coragem de pegar na boca. O homem ficou curioso. Chamou o cachorro que não foi. Ele veio. Talvez tenha pensado que era uma carcaça, um bicho morto, sei lá. Era um desses morenos dos quais a gente não consegue adivinhar a idade. Levou um susto. Balbuciei que me ajudasse. Ficou com medo. Olhava com temor para o muro como que adivinhando que do outro lado houvesse alguma ameaça à sua integridade. Era um simples caseiro. Ninguém morava ali. Ele passava pra dar uma olhada, ver se estava tudo bem. Pedi pelo amor de Deus. Ele era crente. Foi decisivo. Me ajudou a levantar. Me carregou pra casa. Não conseguia andar. Acho que eu estava tão machucada que ele nem olhava pra minha nudez. Ou então foi coisa da religião. Perguntou o que podia fazer por mim. Pedi roupas. A casa estava fechada. Pediu paciência. Ia em casa buscar a mulher e umas roupas. Supliquei que deixasse o cachorro comigo. O bicho não quis. Foi atrás do dono. Me limpou as formigas que ainda me percorriam o corpo. Mas tudo assim, com muito respeito. Quando me deitei naquela lajota deliciosamente fria, na sombra, dormi imediatamente, mesmo com as dores. Sonhei forte. Misturava cenas daquele animal me batendo, me comendo, com cenas do desfile que eu já vinha imaginando há tempos. Desfilar de biquíni pela beira da piscina, com as pessoas aplaudindo. A cena da passagem da faixa. O Isaac Soares me anunciando. E de repente vinha aquele cara me batendo, me arrebentando. Acordei com um salto.

O cara, me esqueci de perguntar o nome, ainda não tinha voltado. Esperei. Ele chegou com a mulher. Era de idade, com aqueles vestidos de chita, gasto, nos pés uma sandália japonesa. Ela ficou me olhando, primeiro, acho que avaliando a situação, até mesmo pelo lado do marido. O problema é que não conseguia falar. Além de doer, havia alguma coisa que me impedia. O marido dela disse que ia lá no motel avisar e telefonar. Ela disse que não. Podia dar confusão. Preferia ir adiante, em um bar, para telefonar pro 192. Disse que eu estava muito batida e era melhor os médicos virem me tirar dali. Assistia a toda essa conversa sem poder dar palpite. Tinha mais alguém com eles. Um garoto. Acho que era filho. Ele se aproximou de mim, passou a mão nos meus cabelos e perguntou se estava doendo muito. Respondi com os olhos. A mãe o repreendeu por estar ali, me olhando, nua. Trouxe um vestido velho, de tamanho menor do que eu usava. Foi me vestindo lentamente.

A ambulância chegou. Eles me botaram em uma maca. Quando estava saindo, olhei para a entrada do motel. O vigia e outra pessoa me olhavam. Perguntaram meu nome, endereço, essas coisas. Não conseguia dizer. Vinha um turbilhão de coisas e não conseguia falar. Chorava de escorrer as lágrimas pelo rosto. Eu não conseguia falar! Eles fizeram os primeiros socorros e eu fiquei de olhos fechados, aguentando a dor. Achavam que a perna estava quebrada. Quanto às costelas, iam fazer uma chapa. Na cabeça, também. A moça disse que eu estava em choque.

Me levaram pro Pronto-Socorro. Durante o percurso, aguentando os solavancos, eu não podia deixar de lembrar das porradas que tinha levado. E o papai, onde estava? Devia ter ido trabalhar. Eu já tinha deixado de dormir em casa algumas vezes. Mas agora, o que podia dizer? Entraram no Pronto-Socorro comigo. Fiquei esperando em uma maca. Não sei quanto tempo. Não havia leitos. O fim de semana estava sendo violento, escutei gente falando. Era um radialista fazendo seus boletins da área policial. Ele se aproximou de mim. Deu uma boa olhada. Eu devia estar bem batida, mas o olho dele veio direto nos meus seios, no que ele podia olhar. O vestido era curto. Paciência. Perguntou qual era o meu caso. Não conseguia dizer. Mas súbito, veio uma lembrança. Lembrei de Gil, um delegado que tinha saído comigo uma vez, seis meses atrás, sei lá. Fomos na Escápole, dançamos a noite inteira e depois, quando ele quis me levar pra casa dele, eu fiz docinho. Queria que ele entendesse que eu valia mais do que aquilo. Ele teve paciência. Me deixou perto de casa. Combinamos outras vezes, mas não deu. Lembrei do delegado Gil. Naquele instante, eu precisava de um amigo e decidi arriscar nele. Tentei dizer seu nome. Foi difícil. O radialista estava desistindo. Parecia mais interessado em fatos mais fáceis de checar. Pedi que chamasse o delegado Gil. Ele parecia não lembrar, até que perguntou se era um que estava na Seccional da Cremação. Era. Perguntou o que tinha acontecido. Era coisa demais para dizer. Ele disse que eu estava muito batida. Perguntou se tinha sido briga de marido e mulher. Não. Acidente de carro. Não. Perguntou se tinha sido algo mais sério. Sim. Se já havia sido atendida. Dizer o quê? Foi lá dentro. Trouxe um médico com ele. Um amigo. Queria ver melhor, mas não dava. Ouviu que a recomendava. Ele deu as desculpas. Perguntou se haviam chamado a família. Fez que não. Disse que ia dar assistência. Foi ver se arranjava uma enfermaria. Juntou as forças e chamou de novo por Gil. Ele disse que ia procurar. Segurou sua mão, com a força que tinha. Ele entendeu. Ou talvez achasse que tinha uma boa matéria, ali. Aí, tudo escureceu.

9

Perdidos na noite. Estava chovendo. Ia atravessar a rua. Uma manga anunciou sua queda abrindo caminho por entre as folhas. É um ruído que qualquer paraense conhece. Ela caiu bem próxima, amarelinha, reluzente, gorda, apetitosa. São alguns segundos de indecisão. Pego ou não pego? E, ao primeiro passo, se percebe que outras pessoas pensaram a mesma coisa. Naquele caso, era uma senhora idosa, pobre, com aquelas sacolas de feira, pé-de-chinelo, que correu celeremente e chegou à sua frente alguns passos. Olhou-o de maneira triunfante, olhos brilhantes, felizes. Ele aceitou a derrota. Fazia parte do acordo não escrito entre os disputantes de mangas caídas na via pública. Rápido ela cheirou a manga e botou na sacola, retomando seu rumo. Pensou que era uma bela cena.

Entrou na delegacia para terminar o plantão. O ambiente era o de sempre. Parecia que não tinha sido muito movimentado. Antigamente era tudo quebrado, velho, as paredes com infiltrações, enfim, medonho. Agora estavam em um prédio novo, que ainda lutava contra os maus tratos. Foi até sua carteira e sentou para pensar e fazer anotações. Esperava o laudo do IML para tirar melhores conclusões. Tinha de obter os endereços certos daquela turma toda. Podia dar em nada, mas podia rolar. Tinha alguma coisa ali que o incomodava. Uma delas era a categoria social da moçada envolvida. Era algo muito próximo dele e tinha um sentimento confuso de implicância, antipatia, revolta e, ao mesmo tempo, uma identificação que lhe irritava. Irritava e gerava um preconceito em relação aos demais companheiros, divididos entre "veteranos" e "novatos". Os velhões sentiam a invasão dos mais

novos nas questões de investigação por causa dos métodos. Era um bacharel em Direito, com cursos em Brasília, São Paulo. Eles o chamavam de "doutorzinho", para ferir. E, no começo, realmente dera algumas mancadas. O trabalho na Polícia era desgastante, estressante e com o tempo percebeu que a experiência dos mais velhos era fundamental, também. Fazia política de boa vizinhança e já era até bem aceito, em comparação com outros "doutorzinhos". Seu melhor amigo era o Bode. O nome era Otaviano Saldanha, mas todo mundo chamava de Bode. Ele atendia. Nunca tinha passado de investigador por causa da falta de estudo e ambição. Gostava daquele mundo e sua grande qualidade era a honestidade. Claro, honestidade dentro do possível e desde que não ferisse ninguém. Isso era muita coisa. Ele ainda estava por lá, encostado com a cadeira na parede, ferindo a pintura. Começaram aquela conversa de jogar fora.
— E aí, a bicha abotoou mesmo?
— Foi. Parece que foi *overdose* de heroína.
— Heroína? Porra, o cara tinha dinheiro. Herô é cara.
— Ele tinha.
— Então foi simples.
— Não. Tem alguma coisa me incomodando.
— Crime?
— Pode ser. O cara não era bobo e não parecia ter motivos pra isso.
— Dívidas?
— Não. Pagava tudo *cash*. Cabeleireiro, sabe como é, dinheiro vivo e tal.
— Vingança?
— Esses caras têm inimigos. Quem não tem, né?
— Suspeitos?
— Pintaram umas figuras. Uma perua... Ih, cara, imagina... Tinha um vídeo ligado, sem fita. Abri um armário, peguei umas fotos. O sacana comendo crianças de 10, 12 anos, sei lá.
— Porra... E aí?
— A empregada, não é suspeita, creio, deu um grito. Reconheceu na foto a afilhada da bicha, filha da perua.
— Como é?

— Uma das fotos. Johnny, era o nome, na verdade, apelido, o cara nem inglês é. É da Guiana Inglesa, Georgetown. Ele comendo a menina. A perua era amicíssima. E o cara lá...
— Porra, mas isso é sacanagem...
— Dentro do armário, vídeos com a mesma sacanagem... Alguns com a participação de um cara que era namorado e sumiu.
— Fugiu?
— Não, quer dizer, sei lá, sumiu. A empregada disse que um dia o cara sumiu. Nunca mais apareceu.
— Morto?
— Não sei, sumiu. Ninguém quis saber, procurar.
— Pode ser.
— Tem um cara, tipo amigo e tal, que apareceu. Iam pra Salinas.
— E a perua, ficou perturbada, deu bobeira?
— Não. Ela parecia procurar alguma coisa, mas ficou lá com o corpo, voltou pra pegar roupas e vestir o morto, foi no enterro e tal.
— Mais alguém?
— No fim da tarde apareceu uma tal de Selma. Puta, linda garota. Era amiga. Foi no enterro. Pouca gente. Essa cidade é foda. Bajula o cara e tal, mas numa hora dessas, somem. Ninguém quer ser vinculado. Quem tava era amigo. Uma *tchurma*. Acho que é um bando de cheiradores chiques. É dono de butique, empresário, *bon vivants*.
— Bom...
— Esses caras que só fazem gastar dinheiro e curtir a vida. Agora tô esperando o IML, o Agberto me disse que foi problema de coração. Mas que tinha heroína, ele conhece. Mandou fazer o exame pra ter uma coisa certa pra mostrar. Tenho uma ideia, mas volto lá no apartamento amanhã para ver melhor.
— Amanhã tu tá de folga.
— É, mas eu passo lá.
— Não vai ver o Leão?
— Vou, acho que dá tempo...
— Cuidado com esses grã-finos. Aparece já um aviso pra relaxar, vindo lá de cima e tu te fodes. Bem, tu sabes bem como é isso com teus amiguinhos...

— Ah, não fode, Bode. Ah, viu, até rimou. Não fode, Bode... Vou usar isso, agora.
— Vai te foder.
— Vamos lavar o peritônio?
— Não, eu não. Parei com isso, tu sabes.
— Pra quê?
— Tu é que devias dar um tempo. Isso já te trouxe muito problema..
— Eu vou parar. Mas hoje não.
— Vai ser o quê? Planeta dos Anjos, Cosa Nostra, Au Bar...
— Ainda não sei. Hoje é sábado, dia de muito movimento. Não gosto. Fica meio chato.
— Vai fundo. Vai amanhã ver o Leão?
— Vou. Passo na tua casa.
— Mas vê se não me faz esperar se não eu vou logo na frente.
— De qualquer maneira, o ponto é ali no alambrado, perto da saída, né?
— Tu sabes.
— Então, se não passo ali pelas três a gente se encontra lá no Baenão.
— Tu é que sabes.

Saiu na noite úmida e pegou outro táxi até o hotel onde morava, na Rua Ó de Almeida. Tinha feito um bom acordo e era prático morar ali desde que saíra de casa. Na entrada, brincou com os porteiros. Tomou um bom banho, vestiu-se, penteou-se, olhou no espelho e, brincando como no filme *All that Jazz*, disse "It's Showtime!".

Era sábado e não ia jantar no hotel. Hoje era dia de Roxy Bar. Sabia que era uma hora boa para chegar e sentar no mezanino. Pediu um Marlon Brando, o de sempre, e "começou os trabalhos" com a primeira cerpinha da noite. Enquanto comia, assistia ao desfile das figuras da cidade. Naquele horário vinham pais e filhos, gente de maior idade e caretas que iam dormir cedo. Lá pelas onze era uma turma animada, que tinha saído de cinema, teatro ou que ia começar a noite. Lá pelas duas, três da manhã eram os que tinham saído das boates, festas, casamentos, a boemia da cidade. Estranha essa noite paraense. A gente chega na boate à meia-noite e está tudo vazio. Tem a sensação

chata de ter dado uma mancada. E, de repente, depois de uma da manhã, começa a encher até ficar lotada. Conhecia uma gata que dormia até a meia-noite para depois ir à boate. Gostava de ir na Zeppelin, mas dependia da gata. Às vezes, sabia que elas não combinavam com o local e não levava. Preferia Escápole, Olê Olá, até porque era meio caminho andado para um motel. Não era qualquer uma que levava pro seu quarto no hotel. Mas hoje era noite de Cosa Nostra. Pediu a conta. Tomou o táxi do Cabeludo. Saiu.
    Entrou com a naturalidade de entrar em sua própria casa. Era sábado, a casa estava lotada. Mesas esparramando cadeiras. Gente falando alto. Risadas. Fumaça de doer nos olhos dos maiores fumantes. Um conjunto comandado por Calibre tocava no andar de cima. Acenou para alguns. Não era exatamente popular. Eles o conheciam como *habitué*. Foi ao balcão, seu local preferido. Lá já estavam, entre alguns que esperavam mesas, os caras de sempre. Sabe como a gente conhece o alcoólatra? A gente entra num bar às nove horas da manhã e já encontra os caras tomando a primeira. Ou a segunda, terceira, sei lá. Ou o cara que tá começando. Ali pelas dez ele entra apressado, pede uma cerveja. E aí comenta com a gente que tá um calor danado e precisa se refrescar. O papo que rolava era de um jornalista, que, na véspera, tinha sido assaltado por um motorista de táxi às quatro da manhã, poucos metros depois do Cosa. Pois voltou e sem ter dinheiro pra voltar pra casa, tomou mais algumas e às sete da manhã pegou uma carona. E eu sou um alcoólatra. A gente demora um bom tempo para assumir. É muito difícil concordar. Bebo apenas cerveja. Gosto. Mas não consigo tomar uma e me dar por satisfeito. Não consigo parar. No começo os amigos, a família, levavam numa boa. Mas aquilo começou a incomodar. Não sou daqueles que dá escândalo, derruba mesas, garrafas, diz inconveniências. Sou dos que ficam melancólicos, calados, pesados. Aperto fortemente as pessoas, quero falar no ouvido. Eu sei, eu sei dos meus pecados. Amélia não quis suportar. Amélia... Quantas vezes brincara por causa daquele nome. Amélia não era mulher de verdade... Quantas vezes avisou que ia na esquina comprar um cigarro e apareceu três dias

depois? E lá queria saber da vizinhança? Vocês não sabem o que é amanhecer numa birosca daquelas ali no Porto do Sal, lado a lado com a escória, tomando uma, jogando conversa fora. Amélia me deixou várias vezes. A família dela é muito boa. Virou minha família. Eu pedia perdão, ela voltava. A família fazia ela voltar. Um dia, não deu mais. Argemiro, meu sogro, figuraça. Mas ele é pai e eu entendo. Um dia eu e Amélia voltamos. Porque eu não admito sua ausência. Nem ela. Mas eu chego lá.

    Mas sim, estávamos lá e já havia rolado umas três cerpinhas. A noite corria e a troca de turma, rápido. Homem com homem, mulher com mulher, gente se paquerando firme. Dava pra ver do balcão. Umas sacanas, com o namorado do lado e jogando charme pro outro. Homem olha mesmo. Mas quando mulher olha é quase oficial. O papo tinha acabado. Não era o que nos unia e sim a bebida. Nos dias da semana aquilo era mais calmo. Ficávamos ali, horas, o único gesto era o sinal para uma nova garrafa, dose. No meu caso, cerveja. Já estava no ponto. Aquele torpor gostoso. Alguém me bateu no ombro. Voltei o rosto lentamente, ajustando o foco. Era uma gata. Gatíssima. Bom, era a mulher que tinha ido à casa do Johnny.

— Selma, Selminha, lembra?
— Ah... Oi.
— Tá aqui há muito tempo?
— Mais ou menos. E você?
— Cheguei agora.
— E aí...
— Tudo bem. Posso sentar?
— Senta.
— É cerveja? Psiu, moço, uma cerpinha também.
— Cadê o pessoal?
— Quem?
— A turma que tava hoje lá...
— Não sei, não falei mais. Acho que decidiram não sair, sei lá.
— E você?
— Não consegui ficar em casa...
— Chato né, o Johnny...
— Conhecia?

— Assim, de vista. Estava sempre por aqui. Acho que também já tinha te visto.
— Claro, a gente estava sempre junto.
— Muito amigos?
— Isso não é um interrogatório, é?
— Não... Mas é que foi chato...
— Eu gostava dele...
— Você estava em Salinas?
— Eles todos iam pra lá. A gente vai sempre pra casa do Nandão... Fica lá o fim de semana... A maior sacanagem. É legal. Foi coração, foi?
— O IML disse que sim... (Omitiu, por cuidado, o detalhe da droga.)
— Vai ver que ele não cheirou bem.
— É, eu vi no pires...
— Mas o engraçado é que ele sempre foi cuidadoso nisso. Cheirava legal, numa boa, às vezes fazia umas cenas. Mas sempre teve cuidado.
— Às vezes o cara tem um problema no coração e não sabe. Um dia a casa cai.
— Gosto desse som.
— É o Calibre.
— *Jazz*.
— Gosto. Gosto mais de *rock*, sabe? Assim, Pink Floyd, Enya...
— Gosto de tudo. Gosto de embalo. Gosto de dançar. Gosta de dançar?
— Gosto, mas aqui em Belém não toca *rock* nas boates... Gosto de dançar juntinho, também.
— Também. Escuta, tu não tens jeito de ser delegado. Pelo menos esses delegados que a gente vê na Polícia.
— A Polícia está mudando de cara...
— É.
— Não acredita, né?
— É que...
— É realmente difícil... Lento... Mas vai mudar.
— Tu pareces ser qualquer outra coisa, menos delegado.
— Sou bacharel em Direito.
— Casado? Não usa aliança.

— Separado. Separado.
— Porra, é o que mais dá nesse bar.
— Você também?
— Sim, claro...
— Namorando?
— Ahn... Sim, namorando.
— Demorou pra responder.
— É que ainda não está assim, forte, amarrado.
— Você é muito bonita. Desculpa se parece uma cantada idiota.
— Não, obrigada. Tu também és bonito. Como é mesmo o teu nome?
— Gilberto. Gilberto Castro. Me chama de Gil. Mas olha, é você agora que não está dizendo a verdade. Sabe, eu até era vaidoso, convencido. Mas de uns tempos pra cá...
— É bebida, né? Droga?
— Não, é cerveja. Só cerveja. Foi por isso que minha mulher me deixou. Mas isso me fez repensar tudo. Perdi uma representação que eu tinha. Perdi tudo. Vi o concurso na Polícia e resolvi fazer. Depois fui a São Paulo fazer um curso. Aproveitei pra ir a Ribeirão Preto em uma clínica. Tomei umas injeções, voltei zerado, mas não durou muito tempo. Mas serviu pra saber que eu não era sem-vergonha, sem caráter, sem força de vontade, essas coisas. Alcoolismo é uma doença. Essa é a primeira coisa que a gente tem de saber. Então, hoje eu me controlo. Escolho os dias pra beber. Hoje, por exemplo. Se não eu não ia poder trabalhar, nada. Vê essa cara? A noite é feito uma lixa que te deixa em carne viva.
— Eu também bebo, mas numa boa...
— A gente tá aqui bebendo de testa... Espera aí que eu vou no banheiro...
— Eu também vou. Pô, vão pegar nosso lugar. Então espero um pouco.

Enquanto mijava, pensava naquela gata. Pô, não é todo dia que cai do céu. Será que ela tá interessada? Será que está plantando verde, pesquisando sobre o Johnny? Afinal, tinha aquela história dela com o namorado dele. Ela podia ter estado no apartamento de madrugada e depois ter ido pra Salinas. Mas tinha que deixar pra lá. Estava de folga, a mulher era linda e ainda não podia acreditar que ela estivesse realmente interessada. Enfim, um sábado bom. E uma gata daquelas. Estava com um tomara que caia e *jeans*, botas, pô, que gata! Voltou ao seu lugar e ela foi ao banheiro. Mandou à merda o *barman* e dois bêbados que vieram com gracinha tipo "tá se dando bem?". A sacana é boa de cana. Bebendo, direto e não caía. Ele já estava naquele ponto bom. Depois daquilo ficava mais pesado, raciocínio lento, mas mantinha a pose. Ela estava de volta.

— Escuta, esse seu namorado é um bobo hem? Te deixa assim, soltinha, sábado de noite...

— Ele tem que acordar amanhã cedo pra jogar bola... Deixa ele.

— Amanhã vão contar pra ele e já viu.

— Aqui? Não te incomoda, tá safo. E tu, não tens namorada?

— Agora, não... Quer dizer, até agora. Escuta, sem querer fazer interrogatório, apenas curiosidade, você esteve com Johnny antes? Ele estava esquisito, qualquer coisa?

— Não. Estivemos juntos na quarta-feira. Ele foi passar uns quinze minutos lá na Prodigy, sabe, a butique do Bob. Foi quando combinamos Salinas. Ele tava normal.

— Eu conheço o Bob.

— Conhece? De onde?

— Do teatro.

— Teatro? Teatro como?

— Fazendo teatro.

— Ele nunca...

— Foi há muito tempo atrás. Entrei no Grupo Pororoca, do Amando Souza, sabe?

— Não.

— O grupo não existe mais, acho. Naquele tempo eram todos jovens. O Bob era do Moderno. Fizemos uma peça. Eu era do coro.

— Um delegado fazendo teatro?

— Quer me gozar?

— Não, brincadeira.

— Deu pra conhecer muita gente. Hoje pode ser útil.

— Com certeza.

— E você, é daqui mesmo?

— Sou de Macapá, mas estou aqui há vários anos. Casei logo que cheguei, mas não deu certo. O cara era de uma família tradicional mas era um zero à esquerda.
— Filhos?
— Cesinha. Um menino.
— Vive com você?
— É.
— Filho é bom.
— É complicado.
— Mas é bom.
— É, é bom. Cesinha é meu amigo. Meu namoradinho. Lindo.
— Quantos anos?
— Oito.
— Grande?
— Sim, o pai era bem alto. Puxou pra ele.
— Engraçado, o filho sempre puxa pra mãe.
— Pois é.

A conversa estava ficando arrastada. Já era bem tarde. A língua estava pesada. A dela também. Passavam longos períodos calados, mirando os copos. Pediam a saideira. Já era a quarta saideira. "A última e a conta". O *barman* já sabia. De vez em quando ela ia no banheiro. Voltava mais desperta. Ele não era bobo. Ou ia no banheiro ou era lá fora dar uma cheirada. E ele naquela pose. Ela era muito bonita. Engraçado como combinavam bem. Pareciam dizer um texto que tinham ensaiado, combinado. Foi irresistível. Aproximou a cabeça, encostou no seu ombro, deu um beijinho no pescoço. Ela gemeu. Disse que tinha sido gostoso. Estavam pesados. Decidiu pagar a conta. Iam sair. Não se atrevia a convidá-la. Foram se arrastando para a saída. Era fim de noite. A manhã vinha invadindo a Braz de Aguiar. Havia aqui e ali caminhantes e corredores matinais. Mas até no domingo? Pararam na porta, sem querer dizer adeus. Veio a ideia e a convidou para uma última no Lokau. Lembrou que já estava fechado. Foram até a esquina, deram uma olhada no Planeta. Também. Encostou um táxi. A coragem veio de sopetão. Vem dormir lá em casa? Ela olhou num breve instante avaliando os riscos. Deu um beijo e entrou no táxi. O motorista já o conhecia. Levou pro hotel.

Entraram abraçados, mas literalmente se amparando. No elevador ele a tomou nos braços e a beijou. Sentiu na sensibilidade dos lábios que não era beijo pra comer uma puta qualquer. Tinha algo mais naquele beijo. Alguma coisa que parecia estar nascendo. Uma possibilidade. Será? Mas porra, não conseguia se concentrar muito. A cabeça estava pesada. Chegaram. Entraram no quarto. Ela olhou em volta e se jogou na cama. Ele foi ao banheiro. Quando voltou, ela tinha ligado a televisão. Aquela luz dos raios catódicos misturando com a luminosidade externa. Foi lá e fechou a cortina. Deitou sobre ela e beijou novamente. Que delícia de beijo. Nunca mais tinha beijado assim. Como uma entrega de dois. Aquela mulher linda, aquele cabelo, meu Deus, que sábado. Agora estavam lado a lado, se beijando e ele queria desesperadamente tirar suas roupas. Mas as mãos não obedeciam, o corpo pesava uma tonelada.
— Selma...
Dormiu.

10

O dia do Leão. Incorporou direto aquilo no sonho. Havia alguém batendo na porta, direto e ele não conseguia abrir. Mas não. Era o telefone tocando impertinentemente. Atendeu sonolento.
— Alô.
— Gil? Aqui é o Bené. Bené Santos.
— Bené?
— Da Clube, o repórter.
— O que é? Tô de folga.
— Eu sei. Mas é que eu tenho um recado.
— Recado? Pô Bené, não enche... Eu tô dormindo. Dormi tarde.
Sentou-se na cama para sentir-se desperto. Olhou em volta e ficou deliciado com aquela visão. Ela estava mesmo ali. Não tinha sido um sonho. Descansava profundamente, seu rosto tranquilo e aquele corpo que deixava ver pela roupa colante. Tinha uns pés lindos, dedos redondos nas pontas... Que beleza...
— Eu tava ontem lá no PSM, dando plantão, sabe? Pois é. Deu entrada lá uma garota. Acho que foi estupro, sei lá. Estava toda batida. Bem batida. Levou muita porrada. O Abelardo, aquele médico que tu conheces, disse que estava em choque. Eu fui chamar ele porque tu sabes, ali é foda, a garota fodida e lá esperando atendimento.
— Qual o nome dela?
— Não sei, ela não conseguiu dizer.
— E o que eu tenho a ver com isso? Porra, tu me acordas...
— Desculpa, mas é que ela me pegou pelo braço e disse o teu nome.
— Vai ver é outro Gil.

— Não, ela disse delegado Gil. Aí eu lembrei de ti. Perguntei e ela confirmou.
— Como ela é?
— Ela tá bem batida mas, sabe, é uma gata. Eu disse que ia te chamar. Bom, já cumpri o prometido. Agora tem o seguinte: tô cheirando alguma coisa ali. Pra mim aconteceu algo importante. Tu vais lá?
— Não sei... Olha, vou mais tarde. Agora eu preciso dormir.
— Mas se tiver alguma coisa tu me ligas? Prometes?
— Tá doido pra meter o dente não é, vampirão?
— Porra Gil, é o meu trabalho. Promete?
— Prometo.
— Tchau.

Pronto, agora estava acordado. A cabeça pesava uma tonelada. Mas o cérebro estava funcionando. Quem poderia ser? Tinha saído com muitas meninas. Sabe lá o que tinha acontecido. Decidiu tomar um banho e descer para ver os jornais. Queria ver se havia algum escândalo por causa de Johnny. Saiu pela Presidente Vargas e foi na Praça da República ver o jornal na Banca do Alvino. Os ambulantes começavam a chegar e se arrumar para o grande domingo de festa. Comprou os três jornais. Voltou e sentou no restaurante para o café da manhã. Nada nas primeiras páginas. Procurou na seção policial e encontrou pequenas notas a respeito.

"Cabeleireiro Johnny encontrado morto. Foi encontrado morto em seu apartamento o cabeleireiro Johnny, famoso no *jet set*. Não havia sinais de violência. O IML disse que ele sofria de cardiomiopatia hipertrófica e pode ter sido esta a causa. O delegado Gilberto Castro, da Seccional da Cremação, foi chamado e está investigando o caso. Johnny, que na verdade se chamava Percival Anthony Simms, natural de Georgetown, Guiana Inglesa, foi enterrado ontem mesmo no Cemitério de Santa Izabel."

As notícias eram quase as mesmas. Procurou nas colunas sociais. Nada. Bom, sabia que os colunistas escreviam com antecedência. Vai ver foi isso. Amanhã talvez tenha mais coisa. Bem, amanhã tem também o Barra Pesada, pensou.

Subiu, sentou-se em uma cadeira e ficou admirando Selma dormindo. Como eram bonitos os seus cabelos. Ela era muito

bonita. Lembrou do beijo antes de dormir e pensou nas possibilidades. Será que finalmente tinha dado sorte? Depois da separação tinha saído com umas e outras, mas nada definitivo. Era sempre por diversão. A presença de Amélia era algo muito forte. Talvez a sensação da perda e a inconformidade com isso. Não gostava de perder e pronto. Acabou dormitando novamente. Acordou com um movimento quase imperceptível. Selma estava despertando. Primeiro, levemente, depois, assustada, de uma vez sentada na cama. Olhou para os lados, como se tentando reconhecer onde estava, até que seus olhos encontraram os dele.
— Oi.
— Bom dia.
— Que horas são?
— Quase onze.
Ela parou para pensar um instante. Aqueles breves segundos em que nos damos conta que voltamos ao mundo real e tentamos reorganizar os pensamentos.
— Dormi muito?
— Não, eu é que acordei cedo com um telefonema.
— Telefone?
— Um amigo. Nada importante.
— Vem cá...
Aquele chamado foi irresistível. Trocaram alguns beijinhos leves. Ela pediu para ir ao banheiro. Ele deixou. Em alguns instantes, ela o chamou. Quando entrou, ficou maravilhado. Ela estava nua e o convidou para tomar banho. Tinha água quente, felizmente. Quando saíram do banho já foi se atirando na cama para começar o que não tinham começado na noite anterior. E como ela era linda, suave, gostosa de pegar. Surpreendeu-se com a própria disposição, que algumas vezes, talvez por causa da bebida, vinha falhando. Selma era criativa. Selma gritava, ria, festejava. Selma não tinha nenhum preconceito. Nunca se sentira tão à vontade. Nem com Amélia e seus pudores. Há muito não tinha sexo tão intenso. Quando acabaram, ficaram por longos minutos agarrados, ele dentro dela, até sair, lentamente. Acendeu um Derby. Ela pediu um.
— Cigarro forte.
— É mania.

— Moras num hotel?
— Ficou mais prático.
— Gosta de ler. Não pensei que policiais gostassem.
— Eu já lhe disse, a polícia está mudando.
— O que tu fazes aos domingos?
— Quando estou de folga, quase nada. Leio jornais, vou pro campo de futebol, sento com os amigos.
— Para mim, o domingo é uma festa. Mesmo de ressaca. Tem sempre alguém pra convidar a gente pra ir pra piscina, passear de lancha...
— Seu namorado?
— Às vezes. A turma sai muito no fim de semana.
— A gente bebeu um bocado, ontem.
— Foi.
— Escute, a respeito de cheirar...
— Tu és desses moralistas?
— Não, de jeito nenhum, deixa pra lá...
— Não cheiro muito. Só pra dar um "h" e me divertir.
— É perigoso.
— Eu sei.
— Deixa pra lá. Olha, você é linda. Você deve estar acostumada com elogios.
— Gil, vem cá, vem... Eu quero de novo.
— Já?
— Já. Rápido. Tu ris?

Mergulhou novamente em seus braços. O mais incrível foi ter conseguido um " segundo tempo" tão perfeito. Ela não tinha pressa nem sofreguidão. Aquela segunda foi maravilhosa, amorosa mesmo. E pôde prová-la, literalmente. Quando acabou, novamente abraçados, bateu uma rápida melancolia. Não tinha vontade de sair dali nunca mais. Mas também não tinha coragem de perguntar por nada. Ela devia querer ir embora, dar dois beijinhos e adeus.

— Rápido, no que tu estás pensando? Rápido, neste instante, me diz.
— Penso que você vai embora e eu vou ficar arrasado.
— Eu tenho que ir embora, mesmo. Preciso ver onde está meu filho.
— Ele deve estar bem. Você podia ficar mais um pouco.

— Desculpe, Gil, tenho que ir.
Deixou que levantasse. Vestiu-se na sua frente, prática. Não usava calcinhas. Sem dúvida ela era muito *sexy*. Penteou-se.
— A gente ainda vai se ver?
— Não sei. Pra que ficar marcando?
— Onde eu posso te encontrar?
— Em casa não paro nunca. Deixa que eu te procuro.
— Isso é onda. Nunca mais...
— Eu te procuro. Prometo. Tem táxi lá embaixo?
— Ali na Presidente Vargas é fácil.
— Tchau. Tu és muito gostoso.
— Tchau. Você é muito linda.
E ela saiu deixando um enorme vazio naquele apartamento. Olhou para a cama e os lençóis revoltos. Imaginou os dois. Acendeu um Derby. Ficou pensando. Que sorte tivera. Que fim de semana movimentado. Olhou no relógio e viu que eram quase duas da tarde. Tarde demais para pegar o almoço na casa da família de Amélia. Sempre que podia, ia. Ficara a afeição. O velho gostava muito dele. Quase um pai. Mesmo quando Amélia não estava, o tratamento era o mesmo e a esperança que eles voltassem, condicionada, claro, à questão da bebida. E quando não ia, sabia que reforçava a ideia de que estava bêbado, jogado em algum canto.
Não tinha fome. Ainda estava eufórico pelo encontro. Mas voltou a pensar no caso Johnny. Era seu dia de folga mas decidiu passar novamente no apartamento para checar coisas. A Padre Eutíquio adormecida na sua folga dos domingos. Na guarita improvisada do porteiro, procurou por Manoel, que estava de serviço na madrugada em que Johnny morreu. Estava de folga. Somente na segunda-feira. Identificou-se e subiu. Subir é modo de dizer. Johnny morava no primeiro andar e havia apenas alguns degraus. Usou a chave que pegara com Lola e entrou. Sua sensibilidade detectou alguém o observando. Entendeu logo que era a vizinha, em seu olho mágico, posto de fiscalização.
Estava tudo fechado e silencioso. Deteve-se nas pinturas de Emanuel e Dina. Deu uma olhada na fechadura. A equipe tinha colhido impressões digitais. Foi até a janela da sala para conferir o ângulo e a possibilidade de alguém pular por ali e

não ser visto pelo porteiro. O máximo que encontrou foi uma marca de sujeira na parte de alumínio da janela. Realmente, alguém poderia ter posto o sapato ali, se apoiado e saltado. Pediria novas impressões digitais por ali. Foi no quarto. Botou mais uma fita para rodar. Que sacanagem. Foi olhar o pires com cocaína. Passou na gengiva. Tinha heroína também. Mas espera aí, o cara não era nenhum panaca. Ficava forte a ideia de que alguém tinha trocado a cocaína por heroína e quando ele aspirou uma coisa, veio outra, cem vezes mais forte, causando o problema do coração. Podia ser. Cheirar cocaína e heroína junto é coisa de doido e Johnny não era assim. Nem tinha motivo pra morrer de *overdose*. Ou tinha?

E a tal da fita que estava faltando? O jeito era pedir uma busca na casa daquela perua, Rai. Ia ser foda mas tinha de pedir. Podia dar em confusão. Ia ter problemas. Ia atrapalhar a carreira. Ou ajudar, se desse certo. Mas não podia ficar calado. Ali havia alguma coisa. Bom, voltaria no dia seguinte para conversar com o porteiro e os vizinhos. Hoje, domingo, estando de folga, conversar principalmente com essa fofoqueira era dose. Na segunda teria as fotos, detalhes da perícia e apertaria o Agberto pelos exames que pediu. Lembrou de passar no PSM pra falar com o tal médico, o Abelardo, sobre o recado do Bené.

O Pronto Socorro Municipal aos domingos é o pior programa. Está cheio de gente se queixando, aborrecida, gritando, atendentes que não estão pra ninguém. Uma festa. Procurou pelo médico. Mandaram procurar se estava de plantão. Primeiro não sabiam quem era. Má vontade. Até que veio. Lembrou dele. Tinha sido de uma torcida organizada do Remo alguns anos atrás. Eram jovens e iam pro campo dispostos a tudo. Um dia cada um foi para um lado e pronto.

— E o nosso Leão?
— Daqui a pouco vamos conferir?
— Vais pro campo?
— Tô querendo, ainda.
— Tá em cima da hora.
— Mas eu chego lá rápido. Escuta, Abelardo, o Bené me falou.
— Da garota que te mandou chamar. Era tua amiga?

— Não sei, não disse o nome.
— Continuas foda, hem?
— Só eu?
— É, mas tem uma coisa chata. Ela morreu.
— Morreu?
— Entrou em coma logo depois do Bené sair. Pegou umas porradas na cabeça, muito fortes. Quem quer que tenha sido, foi um animal. Dentes quebrados, maxilar, afundamento do malar, costelas quebradas, perna quebrada e as porradas na cabeça, aqui por trás.
— Onde está?
— Já foi pro IML. Não tinha identificação nenhuma. Foi o 192 que trouxe. Fiz contato, disseram que um caseiro chamou o serviço em uma casa ali do lado do Motel Glads, sabes?, no Coqueiro. O caseiro tá limpo, estava com a mulher dele. A garota apareceu lá. Não conseguiram o nome, havia urgência pra trazer pra cá. É bom dar um pulo no IML, senão vai ser enterrada como indigente.
— Porra, Abelardo, essas coisas são foda.
— Passa lá.
— Vou passar. Acho que vou perder esse jogo.
— Também, do jeito que o Remo está...
— Não diga isso. Dessa vez vamos pro tetra.
Pegou o táxi, aborrecido. Estava de folga e nem assim ficava de fora da confusão, da violência, do lixo do mundo? Pediu pro motorista ligar o rádio no jogo. Ainda não tinha começado. A preliminar estava terminando. E o sacana era Payssandu. Estava muito aborrecido pra encher o saco falando do tabu e coisa e tal....
Estava na geladeira, aguardando identificação. Quando viu o corpo, demorou alguns instantes para reconhecer. Estava com o rosto muito batido. Alguns segundos depois, lembrou da garota que uma vez levara ao Escápole. Procurou uma tatuagem pequena em forma de cometa no lado interior do pulso e achou. Babalu. Que absurdo. O que podia ter acontecido. Aquela menina tinha boa cabeça. Passaram a noite dançando juntinhos, rosto colado, alguns beijinhos, mas quando chegou na hora de levar pro motel, pediu pra ir pra casa. Disse que estava interessada era nele e não em sexo rápido pra depois nunca mais. Gostou

daquilo. Ficou decepcionado por não concluir o que estavam começando, mas gostou. Respeitou. Ficou de procurá-la. A vida foi adiante e não voltou a vê-la. Ela não tinha jeito de quem se mete em confusão, se bem que hoje em dia a gente se mete em cada coisa. Ninguém havia aparecido para procurá-la. Achou que tinha o dever de procurar a família.
    Pegou outro táxi. Desceu na Ponte do Galo. Caminhou um pouco até uma entradinha e saiu perguntando. Um bebum deu a indicação. Disse que o apelido dela era "trocadora". Não deu bola. Tinha uma turma batendo papo na esquina. Marmanjos esperando na "grade" pra jogar pelada. Eles mostraram a casa. Foi até lá. Abriu um garotinho. A casa era muito pobre. Um ou dois cômodos. Pôster de Roberta Miranda na parede. Perguntou pela família. Disse que o pai estava adiante, num boteco. Foi lá. Perguntou no balcão. Mostraram quem era.
    — Boa tarde, sou o delegado Gilberto Castro.
    — E daí?
    — Você é o pai da Babalu?
    — O nome dela é Lucilene.
    — Desculpe, conhecia apenas o apelido.
    — O que é que foi. Ela anda sumida, aquela putinha.
    — O senhor pode vir aqui fora conversar comigo?
    — O que pode ser? Não fiz nada. Tô aqui aproveitando a folga.
    — Por favor, é coisa séria.
    Saíram.
    — Desculpe lhe dar a notícia, mas Lucilene morreu.
    — Quê?
    — Aparentemente foi estuprada e agredida.
    — Como?
    — Ela chegou no Pronto-Socorro quase sem pode falar, muito batida. Mandou me chamar. Não disse mais nada. Nem o nome, nem onde morava, nada. Entrou em coma e morreu.
    Fez-se um silêncio grande na alma daquele homem desgastado, barba por fazer, camisa aberta no peito, cabelos desgrenhados. Parecia descer sobre ele uma avalanche de sentimentos que ele represava há anos e agora estava na ponta da língua. Os olhos brilhando de lágrimas, ele me olhou durante algum tempo...

— Quem foi? Em que ela estava metida?
— Ainda não sei. Não é minha área de ação. Eu a conheci há algum tempo. Olha, ela era uma menina boa.
— Boa? Uma putinha parecida com a mãe. Olha aqui, cara, eu trabalho pra caralho, sabe? Trabalho o dia inteiro virando e ela se soltava na rua. Como eu podia segurar? Ela não queria cuidar nem dos irmãos.
— Entendo.
— Quem foi?
— Ainda não sei. Fui lá no Pronto-Socorro atendendo ao chamado, sem nem saber quem era. Eu a reconheci. Uma vez a deixei ali na ponte e vim perguntando até encontrar.
— Nunca pensei que pudesse terminar assim. O senhor sabe o que é perder uma filha?
— Não, mas compreendo... Olha, você não sabe com quem ela saiu, não viu nada?
— Como vou saber! Saí desde cedo e essa desgraçada foi... (engasgou).
— Será que os meninos...
— Meus filhos!
— Bem, eu tinha que contar. Desculpe. Agora é preciso ir lá no IML pra reconhecer oficialmente o corpo e enterrar.
— Enterrar? — ele parecia anestesiado.
— É bom pegar um amigo pra ir com você...Vou fazer umas perguntas. Olhe, por favor, se souber alguma coisa, se alguma das amigas vier aqui, me avise. Eu gostava dela e quero descobrir quem fez isso.

Foi até a casa e deixou aquele homem encurvado de dor. Que notícia pra receber num domingo de folga. As crianças não sabiam. Disseram que Babalu gostava muito de se vestir e namorar. Que vivia saindo pra namorar. Que queria ser uma rainha. Bobagens. Olhando para aquela realidade e pensando nela, dava pra imaginar o que passava em sua cabeça. Sonhos. Ela queria sair dali e não a reprovava por isso.

Saiu e foi fazendo perguntas. Acabou numa padaria, já bem perto da ponte. Um rapaz a conhecia. Balconista. Disse que mexia sempre com ela, que era muito bonita. Disse que os meninos também mexiam com ela chamando de "trocadora", por causa do

pai. Essa crueldade tão natural nas crianças. Lembrou que naquele sábado Babalu passou, ele mexeu, ela não olhou, e esperou alguns instantes por uma Kombi que a apanhou. Além do motorista havia um cara e mais uma ou duas meninas, dentro, não sabe dizer. Perguntei se a Kombi tinha alguma pintura, alguma coisa marcante. Não lembrou. Decidiu colocar Bode no circuito. E lembrou do jogo. Já estava rolando. Até agora não tinha ouvido nenhuma manifestação que indicasse gol pra qualquer dos lados. Chamou o táxi. Foi pro campo. Sabia o ponto de encontro. Ficavam no alambrado, do lado que dá para a Antonio Baena, perto do gol que dá para a Almirante Barroso. O motorista estava ouvindo o jogo. Estava duro. O Remo ainda não tinha jogado bem. Terminou o primeiro tempo. Entrou no estádio. No ponto de encontro não havia ninguém. Bode devia estar no bar. Não foi. Precisava pensar. Ficou esperando. Conhecia bem o Motel Glads. Já tinha ido. Os apartamentos não eram colados no muro. Havia toda uma área de circulação. Se o cara tivesse que jogar Babalu, teria de sair carregando seu corpo e poderia ser visto. Muito arriscado. Numa hora dessas o assassino está muito nervoso para pensar calculadamente. Mas tinha aquela parte especial reservada para surubas. Grupos de homens chamavam mulheres e faziam a farra. Piscina, churrasqueira, sauna e camas. Nunca tinha ido mas sabia como era. Só podia ser isso. Precisava saber quem tinha estado lá, o que já era problema. O motel não ia querer dizer, ia inventar dificuldades, mas ih, lá vinha outro escândalo. Ia mandar Bode até lá. Na manha. Podia ser complicado. O caso não era seu. Era apenas amigo. Mas quem quer que tenha sido, era um animal. Com uma menina daquelas se podia pensar em qualquer coisa, menos em matar a porradas. Bode chegou.
— Porra, tu é foda hem?
— Estava ocupado.
— Ocupado? Eu sei.
— Tava sim. E vou precisar de ti. Na amizade. Como é que está o Leão?
— Ainda não se encontrou... Sei lá... Parece tão fácil. Esse porra desse time do Vila Rica, uma merda...
— Vai substituir alguém?

— Sei lá... O que é que tu queres?
— Depois. Já vai começar o segundo tempo.
O Remo venceu por 1 a 0, gol de Tinho, um centroavante que tinha vindo de Pernambuco e estava se firmando. Bom de bola, cabeceador, porte físico, ele vinha ganhando a confiança de toda a torcida e também dos jornalistas. Também fazia sucesso entre as garotas. Perto deles havia um grupo delas gritando seu nome, enfim, essas galinhagens. Fizeram o programa de sempre. Foram para um bar atrás do campo tomar umas cervejas e fazer a sua análise da partida.
— Porra, o Leão ganhou. Por que essa cara?
— Cara, de ontem pra hoje...
— O que foi.
— Imagina que ontem fui lá no Cosa Nostra.
— Meter umas canas.
— Dia de folga, porra. Pois é. Sabes quem me aparece? Lembra de uma tal de Selma? Acho que te falei. Ela esteve na casa do tal cabeleireiro que morreu. Apareceu lá. Puta, tremenda gata. Linda mesmo. Pois não é que ela senta comigo no balcão e *chirulirulichirulirulá*, pimba, fomos pro apartamento...
— Humm, se deu bem.
— Mas muito bem. Cara, falando sério, não foi só uma trepada. A menina é...
— Ih... Tá apaixonado.
— Quantas vezes eu já te disse isso? Tu sabes que eu vivo saindo com umas figuras. Mas essa... Cara, ela é linda, carinhosa... E simplesmente deu certo, sabe? Sabe essas coisas de combinar em tudo?
— Vai ver ela também enche a cara.
— Ah, não enche. Mas se tu queres saber... ela entorna legal. Que noite! Mas de manhã cedo quem me acorda? O Bené, sabe, aquele radialista?
— Sanguessuga.
— É, mas ele sempre foi legal comigo. Pois é, ele estava no Pronto-Socorro quando chegou uma menina que parece ter sido estuprada. Levou muita porrada, não conseguia nem falar. Só pôde chamar por mim. Aí ele me ligou...
— Mas como assim?

— Eu também achei que era sacanagem. Ele disse que tinha prometido, essas frescuras... Passei lá e ela tinha morrido. Entrou em coma, essas coisas. Fui no IML e, porra, eu conhecia a menina. Uma vez saí com ela, fomos dançar, menina bonita... Mas não rolou nada. Acho que ela queria namorar e eu acabei não voltando a procurar. Tava com a cara toda batida, bem batida. Pô, quem fez foi pra valer.
— Estupro?
— Ela foi estuprada, sim. Tive que ir procurar a família, encontrei o pai, enfim, foi foda sabe? Era uma menina legal. Escuta, isso não é com a gente, mas eu queria que tu desses uma olhada pra mim, tá? Numa boa. Por mim.
— Sabia que ia sobrar pra mim.
— Porra, se não quiser não faz.
— Tá, chega de papo. O que é que tu sabes?
— Negócio é o seguinte. Ela foi encontrada junto do muro que dá pro Motel Glads, no quintal de uma casa que fica fechada, ali do lado. O caseiro encontrou. Ele e a mulher. Chamaram o 192. Ela não disse coisa com coisa. Estava arrebentada. Mas eu já fui naquele motel. Ali daquele lado que ela caiu não fica nenhum dos apartamentos, suítes, nada. O cara teria que atravessar a via interna pra jogar ela. Não é fácil, é perigoso e tu sabes que ninguém se arrisca assim numa hora dessas. Pela posição, tenho certeza que ela estava numa suruba lá na Seção Especial, uma área com piscina, churrasqueira, não sei quantos quartos. Os caras chamam as putas e fazem a farra. Acontece muito em confraternização, essas coisas.
— Mas onde é que essa tua amiga foi se meter.
— Sei lá, pode ter sido uma cilada. Pode ser que ela tenha entrado na sacanagem também.
— E o que eu faço. Vou lá? Esses caras de motel são chatos...
— Mas aí tu dás uma chamada no cara, fala em escândalo, o caralho. Quero saber quem estava lá neste sábado. Ele pode dizer que não sabe e tal. Aí tu pedes pra ver a contabilidade... os caras deixaram cartão de crédito, qualquer coisa. Depois, ele não pode te negar a nota que pagou aquilo, e que especifica hora e tal em que eles estiveram. O cara vai ter que dar, senão tu podes fazer um escândalo. Enfim, tu sabes.
— Saber quem estava lá...

— É. Aí a gente começa a chegar nos caras que fizeram isso. Se até agora não tem nenhuma outra reclamação, quer dizer que ela podia estar lá sozinha com os caras. Ou com um cara só. Ou foi uma farra e ninguém conhecia ela. Ô classe filha da puta, essas das prostitutas. Cada uma por si. E não te esquece que nós temos um assassino na parada. Ela morreu. Tu fazes isso?

— Tá, eu vou. Mas não me mete em confusão. Tu sabes que a gente já anda visado pela nossa amizade. Tu andaste pisando na bola por causa de bebida e eu pago o pato.

— Tu vais fazer?

— Já disse que vou.

Fez-se aquele silêncio em que a gente se serve de mais cerveja e bebe de uma só vez. Perto deles alguns jogadores do Remo já estavam comemorando a vitória. Estavam sempre por ali. O bar ficava num posto de gasolina e era bem discreto. Veio um Galant branco, bonito e parou para abastecer. Dentro tinha uma loura. Não dava pra ver se era bonita. Mas uma loura num Galant era algo pra se assistir. Enquanto o bombeiro fazia o serviço, ela saiu. Toda de branco, com essas calças apertadas que as mulheres usam, bem coladas no corpo. Bonita. *Chic*. Veio no bar sem nenhum medo. Queria comprar cigarro. Os jogadores, ligadões. Fizeram umas graças. Ficaram assistindo a tudo. Tinho olhou intensamente. Com coragem. Ela encarou enquanto pagava no balcão. Quando saiu, ele tomou um copo de cerveja e foi atrás. Os outros três que estavam com ele ficaram rindo. Ele ia encostar na loura. Acho que pensaram que ia levar um fora. Mas não. Conversaram um instante. Ele voltou para a mesa, deixou uns trocados e disse que ia dar uma volta. Com a loura. Fiquei pensando que as louras gostam mesmo de pretos. Vai ver tem alguma emoção na diferença de cor da pele. O carro estava pronto. Saíram.

— Viste?

— É foda.

— Um dia eu chego lá.

— Chega porra nenhuma.

— Tu duvidas?

— Total. Mas que filha da puta. O Tinho vai se dar bem.

— Ele é entrão.
— Não sei se tinha coragem, assim...
— Tu não tens coragem pra porra nenhuma.
— Vamos nessa.
— Espera aí que a cerveja...
— Já vais começar? Vamos, porra, amanhã tem muito trabalho.
— Tem mesmo. Tá bom. Se eu começar pra valer...
— Isso já te custou um bocado, cara.
— Eu vou me controlar. Vamos embora.

Naquela noite, não conseguiu prestar muita atenção aos programas esportivos da televisão. Seu pensamento estava em Selma. E com ela dormiu serenamente.

11

Alberto Alvarenga. Tinho. Aos 22 anos já era bastante viajado. Saiu do Central de Caruaru, onde começou jogando de meio de campo, mas por causa da objetividade, facilidade de cabecear e concluir passou a centroavante. Havia escassez de goleadores. Jogou na Paraíba, Maranhão (onde se meteu com um empresário que o levou para a Bélgica onde não se adaptou ao frio), Brasília e, de lá, para o Remo. Tudo era uma aventura. Acostumou-se rápido a dar as respostas que esperavam dele. Todos os clubes o recebiam com esperanças de ganhar campeonatos. Mas sabe como são os goleadores... Estava bem e era convidado de todos os programas esportivos, ganhava os prêmios e tapinhas nas costas. Quando estava mal, o jeito era cair fora. E ele tirou o coração disso muito bem. Era um viajante. Jogava onde pagassem. Ainda era novo e não se importava em guardar nada para o futuro. Também não considerava hipóteses de seleção brasileira, nada. Sabia até onde podia ir. Gostava de uma boa cervejinha, um bom papo e mulheres. Nesse assunto era um *expert*. Tinha feições finas, porte atlético, altura e impressionava. Por onde passava deixava corações esmagados. Sobretudo na Bélgica onde faturou um monte de louras. Louras eram seu fraco. Gostava mesmo. As mulheres gostavam dele. Sabia que sua cor trazia problemas às vezes, mas também vantagens. E depois era bem dotado. Era seu maior orgulho. Bem dotado, as louras urravam ao vê-lo. E ele sentia orgulho disso.

Até agora, em Belém, as coisas estavam indo bem. Os companheiros também gostavam de uma cervejinha. Os gols estavam saindo e ele já era conhecido nas ruas. Os paraenses são mesmo fáceis de lidar, pensou. Mas sabia que quando batesse a crise, era hora de dar o fora. Mas ainda não tinha topado com nenhuma loura que valesse a pena nesses três meses de clube. O tipo caboclo daqui não lhe atraía, a não ser para momentos rápidos, porque também ninguém é de ferro. Não faltavam telefonemas, bilhetinhos jogados no campo, ou enveados por colegas. Podia ser melhor alguém ser pago para jogar futebol? Fazer o que gosta? Todos os jogos em um gramado verdinho, camisa nova, bola nova, pra se divertir? A vida era boa e não dava nem tempo de pensar no futuro. E então, depois daquele jogo, estava com os companheiros, festejando naquele bar dentro do posto, atrás do Baenão. Parou aquele carro branco, importado. Saiu uma loura que entrou para comprar cigarros. Encarou. Ela também. Sentiu no olhar a possibilidade. Uma de suas qualidades era saber iniciar o papo, principalmente quando havia interesse. Era preciso ser um mestre. As mulheres são muito sensíveis. Estão com vontade e, no entanto, se você disser uma grosseria, ou articular mal uma proposta, baubau. Quando ela voltou pro carro, de um salto, foi atrás. Pediu um cigarro. Disse que o carro era muito bonito. Ela também era muito bonita. Disse que ela iluminou o bar em um clarão quando entrou, tamanha era sua beleza. Ela riu, gostou, olhou pro carro e perguntou se ele queria dar uma volta. Aceitou imediatamente. Foi lá, despediu-se dos amigos e entrou no carro.

Era realmente muito bonito, muito confortável. O nome dela era Sabrina. Disse que estava voltando de Mosqueiro e precisava de gasolina e cigarro. Ele disse que era jogador e tinha acabado de vencer uma partida. Ela disse que de futebol não entendia, mas nunca tinha visto um jogador tão bonito. Muito atirada. Sentiu a possibilidade. Pegou a Almirante Barroso. Disse que ia mostrar pra ele como o carro era veloz. Muito. Jogavam conversa fora. Ele passou o braço por trás do banco e tocou em seu cabelo. Perguntou se podia. Ela disse que sim. Ele pegou no seu pescoço, apertou a nuca. Ela gemeu. Disse que era gostoso. Ele perguntou se ela não queria dar uma passada no Kalamazoo para dançar. Ela disse que não. Que não gostava. E em vez disso, perguntou se não preferia dançar sozinho com ela em um local fechado. Ele deu um sorriso amarelo de encabulamento. Ela tomou a Augusto Montenegro. Ele botou a mão em sua coxa e ficou alisando. Dali passou para os seios. Ela gostava. Estava escuro. Pouco movimento. Quando diminuiu a velocidade para passar sobre as lombadas, ele deu um beijo em sua boca. Demorado. Quase parava o carro. Quando ela acelerou novamente, ele dobrou o corpo, colocou a cabeça próximo do volante e por baixo da blusa começou a beijar os seios. Rápido, ela botou a mão no seu pau. Ele gostou e ficou olhando o rosto dela, esperando a aprovação, que veio. Ele beijava sua barriga, sua virilha e o tempo foi passando. Perguntou onde iam. Ela disse que passou dos motéis e estavam quase chegando a Icoaraci. Que não tinha conseguido parar. Que era melhor irem para um lugar.

Deu meia volta. Entraram no Sexxus. O mais luxuoso. Desinibida, ela pediu a suíte presidencial. Entraram. Fizeram amor. Tomaram banho na Jacuzzi. Ela o chamava de Alberto. Parecia muito carente. E ele adorava dar prazer. Ver no rosto a satisfação da mulher. Praticava o sexo pensando mais na mulher do que nele. Reservava apenas o momento final para si. Incrível, nem tinha de falar. Era Sabrina que não parava de elogiar seu corpo, seus dotes, sua cor. Mulheres nem sempre são falantes. Ficam se guardando. Sabrina falava. Elogiava, namorava, pegava, acariciava. Era muito bom. Inflava o ego. Não se sentiu assustado com tanto ímpeto. Sabrina era mesmo bonita. Não chegava a ser uma miss. Já tinha mais de trinta. Os seios pequenos. Gostava de seios grandes. Mas, vá lá. Bundinha interessante, não era exuberante, mas que disposição. Era muito bem tratada. A pele, as unhas. Criou coragem e perguntou se era solteira ou casada. Ela parou com o *blowjob*, pensou uma fração de segundo e disse que sim. Aí foi a vez dele ficar pensando.

— Gata, você devia ter dito...
— Por quê? É alguma doença?
— Não, mas é que eu já me dei mal com mulher casada.
— Mas a história não tem que se repetir.
— Será?
— Você não está gostando?
— Estou.
— Não tá bom isso aqui?
— Tá.
— E você é solteiro ou casado?

— Solteiro.
— Veio de onde? Não tem sotaque forte.
— Sou pernambucano. Mas já rodei muito por aí.

Olhou em volta. Aquela suíte ia sair cara. Será que ela pagaria? E as champanhes? Preferia cerveja, mas sabe como mulher é. Aquilo estava tão gostoso. Começou a relaxar nas defesas.

— O que é que o seu marido faz?
— O Cristóvão? É empresário, tem uma rede de lojas.
— E onde ele está que não está com você?
— Isso é interrogatório, é?
— Desculpe *love*...
— Meu marido some nos fins de semana. Bebe, faz farra, luta boxe, parece mais ligado nos amigos do que em mim.
— Luta boxe?
— É, mas acho que não bate em ninguém...
— Acho bom. É ciumento?
— Eu acho que ele não liga pra mim. Agora chega de papo. Vem cá que eu te quero de novo.

Era quase meia-noite quando ela decidiu voltar. Pagou a conta em dinheiro vivo. Acho que era pra não deixar pistas. Fomos no caminho abraçadinhos como namorados. Os vidros fechados, escuros, de fora ninguém via nada. A cidade estava adormecida na fadiga do domingo.

— Onde você mora?
— No Hotel Sagres, com outros jogadores de fora. Você podia ir por lá...
— Não, dá muito na vista. Te ligo, qual o apartamento? Te procuro.

Deixou-o na porta. Antes de sair, ele disse que ela era muito linda e que o tinha feito feliz. Ela disse que ele é que era lindo e que queria namorar. Gostou daquilo. A mulher pedindo pra namorar. Passou pela portaria nas nuvens. Tinha sido o máximo. Achou que encontrara sua loura da vez. O dia seguinte era de folga. Será que ela chamaria?

Guardou o carro na garagem. O Explorer já estava lá. Entrou e encontrou na sala de televisão Cristóvão, dormindo, grandão, atirado no sofá, cheio de jornais por cima. Foda-se, pensou. Foi para o quarto dormir.

No dia seguinte, ligou. Levou um cordão de ouro como presente. Passearam em Icoaraci. E logo ela passou a namorar com Alberto. Ou Tinho. Ou *Love*. Ia buscá-lo nos treinos. Combinou de esperar em um ponto da 28, discretamente, para evitar comentários. Ele também tinha a perder. Os repórteres estavam sempre ávidos por notícias. Quanto a ela...

Sabrina era bem de vida. Casou porque quis. Os pais morreram e deixaram uma boa renda. Conheceu Cristóvão num cassino que funcionava na Piedade. Ele estava chegando na cidade, vindo de Manaus. Levaram no papo e rápido falaram em casamento. Ele nunca teve de cair com dinheiro. Cristóvão era negociante. Montara uma lojinha que vendia tudo à vista. Miudezas. Presentinhos. Tinha uns fornecedores contrabandistas. *Molhava* a mão dos fiscais e dava tudo certo. Quando casaram já eram quatro lojas. E foi aumentando. Não tiveram filhos. O desinteresse veio aos poucos. Ela sempre fogosa. Ele mais interessado nos negócios. E sempre farrista no fim de semana. Teve de se acostumar. Agora, com quinze anos de casamento, sem filhos, eram meros conhecidos. Sexo, raramente. Ela sabia muito para que ele a dispensasse. Tinha lance com cocaína e sabe lá o que mais. Era dinheiro fácil. Agora as lojas eram apenas fachada. A droga entrava ali pelas bandas de Salinas. Distribuía para a turma da alta. Mas nem por isso a deixavam frequentar. Não dava bola. Pensassem o que quisessem. Não dependia dele. Tinha sua renda. Suas roupas. Seu carro. Suas viagens. Às vezes iam juntos.

Sabia que ele tinha suas mulheres. Uma vez ia entrando no motel e ele ia saindo. Ele não a viu. Deixou aquilo para usar no momento certo. Uma vez foram a St. Martin com um grupo. A ilha era linda. No meio do grupo, Johnny, o cabeleireiro. Ela nem teve tempo de botar o biquíni. Vinha um furacão. Foi terrível. Todos se trancaram no hotel por três dias. Faltou luz, comida. Foram praticamente resgatados. Mas naqueles três dias houve algo curioso. Na hora da confusão, Cristóvão estava no cassino. E lá ficou preso. E ela passou momentos maravilhosos com Johnny. Quer dizer que ele não era *gay*? Na volta foi aquele escândalo.

A Rai ligou pra dizer que ele tinha morrido. Não deu bola. Já não estava mais ligada. Cristóvão gostaria de saber. Era independente mas tinha seus cuidados. Numa cidade tão pequena, tentava respeitar o nome de sua família, pelo menos. Mas todos sabiam. Saía com rapazes. Se divertia. Mas agora estava gostando de Alberto. A cor, o cheiro, o tamanho do documento. Por isso o enchia de presentes. Roupas, joias, discos. E ele não era burro. Sabia conversar. Sabia, principalmente, ouvir. Para os homens que não sabem, essa dica. As mulheres gostam de homens que fiquem ouvindo suas histórias. Ele gostava. E era um mestre na arte de amar. Estava tudo certo entre ela e Alberto. Tudo certo. Mas tinha uma coisa. Achava que era seguida. Podia ser a Federal. Mas tudo bem. Estava limpa. Não gostava de droga. Gostava de sexo. E se fosse a mando do marido? Foda-se. Ele que se espertasse.

12

Segunda sem lei. Será que Selma o procuraria? Tomara que não fosse lá na Delegacia. Ia chamar muita atenção. Iam mexer com ela e com ele. A gata ia causar um frenesi por ali. Chegou cedo para trabalhar. Pegou logo o jornal e encontrou o registro de Babalu. Na foto, o pai reclamando do estupro e a notícia dando conta que ninguém sabia como tinha sido. Pena. Já estavam em sua mesa os relatórios com as fotografias, impressões digitais e tudo sobre Johnny. Que bom. Mas não ajudou muito. Não chegou a acrescentar. Tocou o telefone. Era Bené. Queria saber as novidades. Ainda não sabia quase nada. Falou com o pessoal do 192 e houve a indicação do Motel Glads, no Coqueiro. Estava certo? Disse que sim, mas que tivesse paciência. Teria algumas notícias novas em pouco tempo. Mesmo assim, teria de comunicar porque era outra jurisdição. Mas antes, saber alguma coisa a mais. Quando soubesse, avisaria. Ele também. Aquela segunda-feira começara preguiçosa, modorrenta, com todos curtindo a ressaca do fim de semana. Bem, o Leão ganhara e, pra começar, já era muita coisa. Chegou Bode.

— E aí?

— Tu vais gostar. Primeiro dei uma olhada na casa. Me informei e fui bater no caseiro. Porra, o sacana mora lá pra Jiboia Branca. Mas achei. O cara é crente, sabe como é? Aquela coisa, a casa. Perguntei. Ficou com medo. Acalmei. Garanti que era só a informação. Nessas horas a gente inventa qualquer uma, desde que o nego abra a boca. Ele me levou na casa. A mulher foi junto. Disse que passou o domingo todo rezando pela menina. Foi lá atrás da casa que ela foi achada.

Foi o cachorro que foi lá e começou a latir. Não lembro o nome do bicho.
— Vai.
— Pois é. Ele disse que a menina estava bem machucada. Que a arrastou para o pátio da casa e foi buscar a patroa e umas roupas. A menina estava nuazinha. O velhinho é um cara legal, sabe? Nem um comentário malicioso, nada. Tu sabes, o cara chega logo de banda e diz, "porra, tinha uns peitinhos". Ele, nada, maior limpeza. Vai ver é da religião.
— Vai.
— Tu tens razão, ela caiu daquela seção especial que eles têm, pra suruba. No caso dos apartamentos e suítes, tem uma rua que está em volta pro pessoal circular de carro. Aí eu fui lá no motel. Conheço o gerente. Gente boa. Ele já tinha trabalhado em uma boate que fechou, ali na BR. Primeiro se encheu de frescura e tal. Aí eu fiz como combinamos. Botei pressão e ele deu o serviço. Esteve lá uma turma de barão, no sábado, com umas *pivas*. É meu chapa, a gatinha estava numa pesada.
— Ele conhece a turma? Quem pagou?
— Claro que ele disse que não conhece, né? Aí pedi a conta. Enrolou mas mostrou. Eles chegaram ali depois do meio-dia, e saíram lá pelas sete, oito da noite. Despesa alta. Beberam pacas. Churrasco, o escambau. Primeiro ele disse que pagaram em dinheiro. Aí ia ser foda. Mas uma funcionária deu a ficha. Ele não gostou, esculhambou com ela. Acho que ela vai se foder por lá. Mas disse que pagaram com cartão de crédito. Pedi pra ver. Só um pagou. Acho que depois eles racham.
— Quem é o cara?
— Tá aqui. João Cláudio Silvestre. Foi ele que pagou.
— Dá uma procurada nele. Vê no catálogo. Dá uma prensa. O mesmo esquema. Eles se mijam por causa de um escândalo. Podem ser todos cúmplices de um assassinato.
— Deixa comigo, mas tem uma coisa: tem calma porque isso não é assunto de trabalho. Eu tenho umas coisas pra ver pro Claudiomiro e já estou atrasado.
— Tá bom, mas não me esquece, tá?
Faltava agora saber quem eram as outras meninas. Talvez desse tempo de passar lá na casa da Babalu. Talvez alguma visse no

jornal e fosse até lá dar o serviço. Polícia, com certeza, ninguém ia procurar. Acabou as anotações e voltou ao apartamento de Johnny. Ainda era cedo para apertar o Agberto lá no IML. Depois do almoço ligaria. Foi direto ao porteiro. Não, ele não era Manoel, que só trabalhava de noite. E o que estava fazendo, sábado, manhã alta, de serviço, quando foi chamado por Lola? Estava levando "toco" da figura ali. Perguntou sobre Manoel. Era bom porteiro. Já idoso, caboclo daquele tipo em que não se precisa a idade. Às vezes dormia muito. Mas agora, só de noite. E os vizinhos?

— Seu Alfredo e Dona Tércia. Chatos pra burro.
— Chatos, como?
— Pô, a mulher é uma pomada. Chata pacas.
— Eles se davam bem com Johnny?
— Não se davam, que eu saiba. Ela tava sempre enchendo o saco dele. Na reunião de condomínio, aqui todo mundo sabe, ela ficava dizendo que ele era ruim pro prédio, que a casa não parava de noite, que ela precisava dormir e não podia, que apareciam pessoas estranhas, que ouvia gritos, porra, a mulher não descansa. Agora ela deve melhorar, né?
— E tu te davas com Johnny?
— Dava como Doutor?
— Conhecia, te cumprimentava, como era?
— Quase nunca. Falava mais com a Lola, que sempre foi legal. Ela tá aí no apartamento. A Lola é legal. Aqui todo mundo gosta dela.
— Os vizinhos estão em casa?
— Estão. Quase nunca eles saem.
— Vou lá.
— Vá. É o 102. Não precisa nem bater, o senhor vai ver, a velha vem logo no olho mágico.
— Tá.

Nem precisou bater. Dona Tércia abriu a porta. Ouviu canto de curió. Havia algumas gaiolas. Casa simples, arrumadinha. Até demais. Gente que passa o dia trancada. Sentou para tomar um cafezinho. Seu Alfredo veio logo. Estava lendo jornal no quarto. Nas mãos, o caderno esportivo.

— Remo ou Payssandu?
— Sou do Leão, seu Alfredo.

— Então hoje está contente, doutor.
— Tenho que estar. Mas ainda falta um bocado pro time acertar.
— Enquanto mantiver o tabu tá tudo bem.
— Isso. O senhor também é do Remo?
— Sou.
— Se o senhor preferir tem também um chazinho. Nós passamos o fim de semana abalados...
— Fechamos as portas mas não conseguimos dormir. Sabe lá o que podia acontecer.
— Vocês se davam bem com ele?
— Não, quer dizer, nunca brigamos, somos gente de paz. Depois tem essa empregada dele, com o nariz empinado. Uma *caboquinha* que não se sabe de onde veio e quer peitar todo mundo.
— O que foi que ela disse da gente pro senhor?
— Nada, não chegamos a conversar sobre vocês.
— Ah, bom.
— Isso aí do lado era uma pouca vergonha...
— Durante o dia era até silencioso. Ele acordava tarde, saía pra trabalhar depois de uma da tarde...
— Vê se pode, doutor. Quando eu trabalhava, sete da manhã em ponto eu estava na rua indo pra Secretaria da Cultura... E o cara aí dormindo até de tarde.
— De noite é que era. Onde já se viu. Era um entra e sai terrível. A noite foi feita para descansar. Os vizinhos têm de ser respeitados. Nós somos gente de nível. Eu vim de Oriximiná, onde minha família tem posses. E eu trouxe de lá a minha educação. Olha, se não fosse aqui o Alfredo me segurar eu já tinha perdido as estribeiras.
— Eu seguro ela, sabe? A Tércia tem um gênio...
— Sei. E quem entrava e saía do apartamento?
— Um monte de gente estranha. Uns cabeludos... Umas donas... acho que prostitutas.
— Depois, doutor, o senhor já sabe, ele era um homossexual.
— Com essas doenças todas, a gente até evitava sair de noite pra não ser contaminado... Quem sabe?
— Hoje em dia tudo pode acontecer...
— Vocês conheciam?

— É, algumas pessoas a gente conhece.
— Pelo olho mágico?
— É, por lá. A gente tinha de saber do perigo que podia correr, não é?
— Quem, por exemplo?
— Olha, primeiro tinha sempre um louro que, eu acho, vivia aí com ele.
— A Lola disse que era um amigo dele. Um tal de Léo.
— Mas Doutor, amigo? Ele era homossexual...
— Quem mais?
— Tinha aquela mulher da alta, que sai sempre nas colunas, Rai Andersen. Ela vinha sempre aí. Inclusive...
— Tércia...
— O que foi?
— Não, é que...
— Alfredo, ele é delegado.
— O que foi?
— Ela esteve aí na madrugada de sábado.
— Ela quem.
— Essa Rai.
— Que horas?
— Não sei, mas de madrugada. Será que esse pessoal não dorme?
— Ela entrou ou saiu de madrugada?
— Só vi quando saiu. Antes, não acordei. Mas ela saiu fazendo barulho. Eu vi tudo.
— Olha Tércia, isso pode complicar a gente...
— E daí? Eu vi...
— Aí não tem jeito. A senhora faz bem em dizer.
— Descobriram que foi crime? O que foi exatamente?
— Até agora sabemos apenas que ele era doente do coração e que morreu de um ataque. Portanto, podia ter acontecido com qualquer um.
— Tás vendo?
— Vendo nada. Eu vi quando essa dona saiu de lá.
— Foi só ela?
— Que eu visse, foi. E olha que o meu sono é leve. Outras noites era um movimento...
— E o senhor não viu nada?

100

— Não, a Tércia é que me contava.
— O senhor é aposentado?
— Sou. Trabalhei nos últimos anos ali no Centur. Fiquei velho, me aposentei e agora tô por aqui.
— E a senhora?
— Nunca trabalhei. O Alfredo não queria. Agora que ele está aposentado, vivo fazendo economia pra voltar pra minha terra.
— Oriximiná?
— É. Aquilo é que é lugar pra viver. Quando era mais nova, ia pra lá passar uns dias e ficava meses, descalça, de casa em casa, todo mundo se conhece. A gente acorda e não tem hora pra voltar. O senhor conhece?
— Não. Olha, ainda não temos muita coisa. Se ficar confirmado que foi apenas um ataque cardíaco, o caso pode terminar por aí. Se não, vou ter de voltar aqui e talvez vocês sejam chamados pra depor. Por favor, se forem viajar, me liguem antes.
— À sua disposição. Agora, o senhor vai chamar também essa Lola, não vai? Aposto que ela sabe umas coisas bem sujas pra contar. Vai logo perder essa pose. Imagina, empregada ter carro próprio... Nunca vi.
Entrou no apartamento de Johnny. Lola estava em seus aposentos.
— Entrei com a minha chave... Mas não mexi em nada.
— Estive ontem aqui.
— Estava aí do lado com a jararaca?
— Estava. Vocês todos se davam bem, né?
— Por mim...
— Deixa pra lá. Esse negócio de condomínio... Quando eu morava em apartamento, também...
— Descobriu alguma coisa?
— O IML ficou de mandar examinar melhor pra saber se tinha droga na parada. Até agora foi ataque de coração.
— Ataque de coração? Mas ele nunca se queixou disso...
— Ele tinha um coração diferente. Às vezes não dá sintomas da doença. Também não entendo. Me explicaram. Por que não foi no enterro?
— Não deu. Ia passar mal. Fui lá ontem, procurei, achei a sepultura e rezei por ele. Deu muita gente?
— Não. Acho que eram só os amigos.

— A Rai foi?
— Ela tava lá.
— Quando eu vou poder levar as minhas coisas?
— O que são essas coisas?
— Roupas, o som, a TV... Uns objetos.
— Acho que pode. Ele te deu?
— Foi.
— E aí, o que é que tu vais fazer da vida?
— Ainda não sei. Esse fim de semana foi horrível. Me tranquei em casa e fiquei pensando. Sabe, a gente não dá mesmo valor às coisas até sentir falta delas, né? O Johnny foi um pai, um amigo de verdade pra mim. Agora está um vazio. Sabe, não importa o que digam dele, se descobrirem algum podre, isso não importa pra mim. Ele era um cara legal e pronto. Agora, da minha vida eu não sei mais. Acho que vou vender o carro pra pegar um dinheiro e depois, não sei. Acho que vou procurar um emprego. Se não fosse a minha filha acho que eu ia ter uma coisa nesse domingo.
— A vizinha viu a Rai Andersen saindo daqui na madrugada de sábado. Parecia aborrecida.
— Ela viu?
— Pelo olho mágico.
— Ela sempre está no olho mágico. A Rai aparecia nas piores horas.
— Eu não sei. Aquela fita de vídeo faltando, o aparelho ligado, as fotos...
— Se fosse comigo eu matava mesmo. Mas eu não vou ficar julgando o Johnny agora. Ele devia saber o que fazia. Bem, não é comigo...
— Mas ela pode ter apenas levado a fita e pronto. O Johnny teve o ataque, provocado ou não por uma discussão. Ou então, o IML vai dizer, se foi por causa da heroína. A heroína que estava no pires.
— Isso é estranho. Ele consumia coca, isso eu sabia. Mas esse negócio de heroína...
— E o Manoel, o porteiro?
— Ainda não falou com ele?
— Vim aqui no domingo, tava de folga. Vim agora, só trabalha de noite.

— É.
— E porque ele estava aqui no sábado, na hora em que tu chegaste?
— Não sei. Às vezes o outro porteiro, Carlão, chega atrasado. O Manoel é legal com eles, por isso fazem o que querem.
— Tu achas que ele viu alguém?
— Não me disse nada. Também não deu pra perguntar. Olha, ele era desses que não vigiam. Dormem na mesa. Mas...
— Dei uma olhada na janela. Me diz uma coisa, é possível alguém sair pela janela e o porteiro não ver nada?
— Olha... Acho que sim. A janela é baixa e se o Manoel estivesse dormindo...
— Mas não é qualquer um que pula...
— Precisa ser bem safo pra pular e não fazer nem barulho.
— Tá bom. Tô com vontade de pedir uma busca e apreensão na casa da Rai. Sei lá, pode ser complicado pra mim. Esse pessoal da alta é influente, mas eu preciso saber. Não posso ir lá perguntar pra ela porque ela vai jogar fora, vai dar um sumiço. Mas preciso ir.
— Pede, ora, tu não podes? Mas pra quê?
— Olha, se o Johnny morreu por ingestão de heroína, eu acho que complica. Ele não era idiota de cheirar heroína como se fosse cocaína, entende? Eu acho que alguém botou essa heroína lá, ele foi e deu uma cafungada forte. Sabe como é? Deve ser um chute, uma bomba na cabeça, *overdose* e pimba, morre mesmo. Aí temos um assassinato. E se a Rai estiver com uma fita em que está a filha dela sendo estuprada pelo Johnny, já viu...
— Escuta, vê o que pode fazer pra não sujar muito a memória dele, tá?
— Olha, eu podia deixar como está. Não tem ninguém reclamando qualquer providência. A vida de todos parece que vai tomar o rumo normal, né? Deixava como está e tudo bem. Mas não dá. Não tem como parar. E quer saber de uma coisa, desvendar esse assunto é o mínimo que eu posso fazer por ele. Agora não posso sair e ficar com isso na cabeça. Depois, pode não dar em nada, deixa ver o que o IML vai dizer. Volto de noite, pra falar com o Manoel.
— Eu não vou estar aqui.

— Sei. Onde é que é o salão? É ali na Rui Barbosa?
— Quase na esquina da Braz de Aguiar. Vai lá? Então fala com um tal de Dom Juan, uma bicha idiota que tinha inveja dele.
— E por que não o despedia?
— Sei lá. Quem sabe a bicha não sabia algum podre? Depois, uma vez ele me disse que era melhor manter os inimigos bem perto dele, pra vigiar melhor. Eu hein...
— Não deixa de ser uma ideia interessante.

Passou antes na Camões para um lanche. Velhos tempos do Moderno. Pediu meio pão cacete com presunto e queijo. Com muita manteiga. Maravilha. Ficou olhando para o salão de Johnny. Decidiu entrar. Uma amiga cabeleireira me disse que os melhores dias para ir em um salão são a segunda e a quarta-feira. São dias em que está tudo vazio, tranquilo, as atendentes vendo televisão ou fofocando. Bom, segunda eu entendo, mas quarta-feira... Bem, era segunda-feira e o salão estava fechado. Normalmente acho que teria gente atendendo. Mas compreendia. O dono tinha morrido. Deviam estar tontos sem saber o que fazer. Para quem ficaria aquilo? Não sei, alguém teria de procurar familiares dele em Georgetown. Bateu e foi recebido por um rapazinho insinuante, com roupas coloridas, apertadas, *gay* com certeza. Lá de dentro veio um grito perguntando quem era.

Fui logo entrando. Nunca tinha ido naquele salão. Era caro e tinha uma certa timidez pelas mulheres, que eram a maioria ali. O lugar era bonito. Espelhos, aço escovado, preto e branco. Bem, talvez estivesse precisando uma nova reforma. Esses lugares estão sempre passando por reformas. De qualquer forma, o cheiro dos salões de beleza era o mesmo em qualquer lugar. Havia uma umidade no ar e nela, um cheiro gostoso, refrescante. Mas não havia ninguém cortando ou penteando. Ao contrário, algumas luzes estavam apagadas, as cortinas cerradas e, num canto, as pessoas conversavam em voz baixa. Reconheceu Maristela e Rosalina, as duas que foram ao enterro.

— Hoje não vai abrir?
— Não. E não sabemos ainda o que fazer...
— Johnny não tinha ninguém?

— Não que a gente saiba. Tinha muitos amigos, mas família...
— E aquela empregada dele?
— Credo, a empregada? Era só empregada.
— Vocês vão precisar chamar um advogado pra fazer procuração de familiares e depois saber o que fazer. O local é próprio?
— Não. É alugado. Pode contar que ainda hoje o velho vai passar aqui pra querer o lugar de volta.
— Velho?
— O dono da casa. Vivia enchendo o saco por causa de aluguel. Ele sabia que o ponto era importante e toda hora pedia aumento. O Johnny levava ele no bico.
— Escuta, nesses últimos tempos o Johnny andou diferente, sei lá, parecendo preocupado?
— Johnny nunca estava preocupado.
— Não perguntou pra ti, Bebeto. Dr. Gilberto, esse é o Bebeto, trabalha aqui, é um faz tudo.
— Faz tudo, não...
— Johnny estava sempre bem. Ele andou meio na fossa desde que o Léo sumiu.
— Leonel?
— O senhor sabe quem é?
— Já sei. Sumiu como?
— Não sei. Ninguém sabe. De repente...
— Não brigaram?
— Não sei, o senhor sabe, eles dois...
— Sei. Foi há quanto tempo?
— Aí... Uns quatro meses, três, por aí.
— Ele ficou estranho.
— Ficou na fossa, o bichinho... Mas durou pouco tempo.
— Nesses últimos dias?
— Nada, ele ia aproveitar e ia pra Salinas. As clientes ficavam aborrecidas porque vinham aqui no sábado e ele...
— Mas tinha esse grupo de amigos... Já falou com eles?
— Não, ainda vou falar. Ele não recebeu nenhum telefonema, nada de diferente?
— Nada.
— Bom, tá todo mundo aqui?

— Não. Falta o Dom Juan. Dom Juan!
Veio lá de dentro uma figura esguia, magra, um caboclo desses bem tratados, o cabelo principalmente. Magérrimo, barriga de fora, andar rebolado e ar distante. Sim, eu fotografei o tal Dom Juan.
— Dom Juan, esse é o Dr. Gilberto...
— Gilberto Castro.
— Ele é o delegado que está no caso do Johnny...
— Já descobriu alguma coisa?
— Não, tenho apenas algumas coisinhas, mas ainda não juntam nada... O IML disse que foi um ataque do coração.
— Ele nunca foi cardíaco.
— Às vezes é assintomático. Não tem sintoma...
— Ele tinha uns amigos...
— Lá vem ele com essa coisa com os...
— Os amigos de Johnny?
— Ele já nem dava bola pra cá mesmo...
— Isso não. Tu sabes disso...
— Não dava mesmo. Fim de semana que é bom, ficava na minha bunda, né? Eu é que arrastava o cu o dia inteiro pra ele ficar na praia. Pensa que é bom?
— Para com isso, Dom Juan.
— Doutor, o senhor desculpa, mas eu não tenho papas na língua. Sempre fui muito abusado e não deixo barato. Eu me dava bem com o Johnny. Ele é que demorava muito pra dar o valor que a gente tinha... Vocês sabem. Cortar cabelo, olha aqui, é comigo. O Johnny levava a fama. Mas de uns tempos pra cá... Mana...
— Tu devias é ter vergonha de dizer isso. Já que é pra falar, eu falo. Quando tu chegaste aqui, lá de Soure... Caboclo mirradinho, quem foi que te deu a mão?
— Tá, mas eu também lavei muito chão, muita sentina por causa dele. E olha que naquela época eu estava apaixonada, e tu sabes que quando a gente fica apaixonada...
— Abusado.
— Comigo não. E patrão a gente tem que saber que tem uma hora pra trabalhar, outro dia pra receber e pronto. Isso aqui tava esculhambando. Ele chegava tarde, saía cedo, fim de semana sem trabalhar e a bicha aqui, ralando.

— Todos nós trabalhávamos. Não estavas só...
— Imagina, eu quero saber é de mim, queridas.
— Escuta, você não sabe de alguma ameaça a ele? Um telefonema? Não comentou nada?
— Nós estávamos brigados. Nada sério. Essas implicâncias, essa mania dele levar vantagem... Mas não foi nada sério, não...
— Vocês chegaram a... namorar?
— Coisa rápida. Elas sabem, não se preocupe. Mas é que duas estrelas não dão certo, né? Foi cada um pro seu lado.
— Você não apareceu nem no enterro...
— Fiquei em casa, chorando. Não tive coragem. Assim, levo dele a lembrança em vida.
— Quando foi que falaram a última vez?
— Sexta de noitinha ele ficou por aqui zanzando, supervisionando...
— Quem estava aqui era a Bárbara, a afilhada dele...
— Bárbara? A filha da Rai Andersen?
— É. De vez em quando ela vinha aqui. Ele gostava muito dela. Acompanhou seu crescimento. Agora que ela estava ficando mocinha ele se enchia de mimos com ela.
— Ele saiu com ela?
— Não sei, ninguém reparou.
— Ela saiu antes. Eu vi. Ia pro cinema na sessão das sete.
— Sessão das sete? Nunca vi criança ir na sessão das sete...
— Bárbara vai. Ela acha que já é adulta. Ai de quem disser que ela é criança... Vira bicho.
— Johnny deve ter dado dinheiro...
— Depois foi embora. Às vezes ia na Prodigy, a butique do Bob, o senhor viu, lá no enterro. Ia aqui no Corujão... Ele não tinha um lugar fixo.
— Eu o conhecia, assim, de vista, no Cosa Nostra, Planeta dos Anjos...
— Era, tudo aqui nessas cercanias,
— E essa Rai Andersen?
— Égua da perua chata.
— Cala a boca, Dom Juan. Pra ti, ninguém presta!
— Eu sei, égua, eu sei.
— Ela vinha muito?

— Demais, parecia um encosto na vida dele.
— Eles se davam bem. Eram muito amigos. Ela fofocava muito, tá certo, mas em um salão de beleza, o que não falta é fofoca, o senhor sabe...
— Eles dois...
— Se namoravam? Não sei. O senhor sabe que o Johnny não era só *gay*, né? Isso não é todo mundo que sabe...
— Já sei.
— Ele namorou com muita gente.
— Só eu sei...
— Sabe mesmo?
— Assim, de fofoca, sabe?
— Como é de droga aqui dentro?
— Droga, doutor? Aqui dentro não. Por favor, sou mãe de três filhos!
— Ah Rosalina, deixa de frescura. Não uso droga, não uso...
— Tu me respeitas, Dom Juan. Seu fresco!
— Olha doutor, aqui dentro não, mas o Johnny... Hummm, aquela turma dele...
— Quem te viu e quem te vê, hein, seu veado...
— Humm, até parece que ele era santo...
— Ele te fez!
— Fez nada. Quando eu vim pra cá já estava feito. Feitíssimo.
— Não estou falando de veadagem.
— Minha filha, ele me ensinou muito, mas se eu sou o que sou, é porque eu sou é bom...
— Doutor, tinha droga no apartamento?
— Tinha. Cocaína.
— Puxa...
— É. O IML ainda vai me dizer alguma coisa.
— Mas o que tem a ver...
— Por enquanto, não posso dizer. Tem um telefone aqui?
— Tem. Ali. Pode usar.
— Dá licença...
— Liga.
— Me chama o doutor Agberto por favor... Agberto? Gilberto. Que tal? Tens alguma coisa pra mim?

— Tenho. Normalmente isso demora um pouco, tu sabes, mas é um favorzinho que te faço... Olha, é melhor tu vires aqui. Eu te explico melhor.
— Pô, mas agora?
— Vem cá, porra. Égua de ti. Olha, positivo aquele lance das drogas. É bom tu vires.
— Tá bom. Me espera.
— Tá. Tchau.
Estavam discutindo em voz alta. A sugestão que dera a respeito de um advogado era o problema. Rosalina queria chamar um amigo e Dom Juan, outro. Deixa eles brigarem. A bicha era mesmo muito metida a merda. Mas haveria inveja, ciúme, raiva suficiente para alguma coisa? Acho que não. A gente nunca sabe. Talvez dando um aperto no veado pra acabar com aquela pose até ele vomitar alguma coisa. Quem sabe? Por enquanto, ia dar uma passada no IML. Despediu-se. Deixou cartão para que o procurassem se soubessem de alguma coisa ou lembrassem de algo esquecido.

13

Heroína. E nem sabia se tinha um caso. Aquilo já estava ficando chato. Mas foi. Já estava rolando. Não podia parar. Podia era quebrar a cara. Foda-se. Agberto passou o exame.

Procedemos ao exame em paciente do sexo masculino, branco, mais ou menos 30 anos, que mostrava início de rigidez cadavérica, com manchas hipostáticas no dorso, nádegas e principalmente ao nível do pescoço e orelhas. Procedemos a abertura do cadáver utilizando a incisão biacrômio xifopubiana e observamos: a) lesões granulosas avermelhadas ao nível de rinofaringe, traqueia e epiglote recobertas por exsudato fibrinoso facilmente destacável, bem como pequenas lesões hemorrágicas de rinofaringe. Foram observados ainda diversos pontos esbranquiçados aderidos ao pelo do nariz; b) os pulmões mostravam-se de coloração heterogênea entre o vermelho vinhoso e o castanho enegrecido, onde a palpação sugeria ao tato "saco de arroz"; c) o coração apresentava-se dilatado e com as cavidades repletas de sangue, bem como ingurgitação dos grandes vasos da base. Os demais órgãos da cavidade toráxica e abdominal mostravam-se congestos, brilhantes com sua coloração próxima do fisiológico; d) o encéfalo mostrou sulcos e girus preservados, contudo mostrando hemorragias petequais difusas, principalmente ao nível de núcleos da base e discreto edema cerebral difuso. Conclusão macroscópica: as alterações orgânicas em associação a achados físicos fez-nos suspeitar fortemente de parada cardíaca súbita por provável *overdose* de opiáceos. Em primeiro lugar, a morte assistólica, bem como a forte hipóstase observada, associada a achados de indícios de uso de drogas pelas alterações de vias respiratórias superiores, bem como ausência de marcas cutâneas por drogas injetáveis fez-nos crer tratar-se de *overdose* de cocaína, corroborado pelo encontro de pontos brancos e finos aderidos aos pelos do nariz, bem como a presença de granulomas pulmonares. Entretanto, vale a pena ressaltar que o paciente encontrava-se com altas dosagens de morfina no sangue periférico, o que causou estranheza, já que não havia indícios de injetáveis, o que nos faz pensar talvez em inalação maciça de heroína, a qual necessita de esclarecimento e análises cromatográficas do pelo do cadáver bem como análise mais detalhada dos hábitos de consumo de drogas por parte dos responsáveis pela investigação. A realização dos exames laboratoriais confirmaram a elevada taxa de benzoileogonina (BEC) e do éster de metilecgonina (EME), metabólitos da cocaína, como também foram detectados vestígios de ácido hipúrico, este metabólico de outros senobióticos e concentrações altíssimas de morfina. Mas não se verificou concentração dessas substâncias nos pelos do cadáver, o que faz crer que o cadáver era usuário crônico de cocaína e fez uso maciço de heroína por inalação, em virtude de não terem sido encontrados os catabólitos da heroína depositados nos pelos do cadáver, local preferencial para esse depósito em usuários crônicos. *Causa Mortis*: provável *overdose* de heroína por via respiratória.

Uau. herô da pesada.
— Então?
— Pô, isso tá legal.
— O cara deu uma cafungada pesada em heroína. Foi fatal. Pô, mas herô?
— Isso é que está confuso. O Johnny não era leso. Consumia cocaína. Bastante. Isso tu viste. Mas não ia dar uma cheirada dessas em cocaína. E não ia também se confundir, tás entendendo?
— Não.
— O cara tá lá na casa dele, cheirando em um pires, no criado-mudo, com essas canetas Bic, saca? Pois é. Por algum

motivo, sei lá, o cara foi no banheiro, dormiu, sei lá, alguém vai e coloca heroína, da pura, no pires. Acho que o Johnny estava desatento, não prestou atenção, sei lá. Ele vem e dá uma cheirada achando que é a dose normal de cocaína. E bum!
— Um assassinato.
— Sim. Uma jogada interessante. Tem que saber jogar. Esperteza. Sangue-frio. Essa pessoa se manda e deixa o cara se acabando por lá. Não há sinais de violência, nem nada.
— Tá bom, bem pensado. Mas e se foi leseira dele, mesmo?
— Pode ser. Mas tenho pelo menos uma suspeita mais evidente.
— Tens?
— Uma amiga. Pô, o cara era um filho da puta. Tinha umas fitas de vídeo e fotografias comendo um monte de criança. Criança mesmo, essas de 10, 12, anos. Pois bem...
— Comendo crianças?
— A peça. Pois é, então eu vejo que o vídeo está ligado. Mas sem fita. Pode ter esquecido ligado? Pode. Mas é que em uma das fotos, a empregada reconhece ele comendo a afilhada...
— Afilhada?
— Filha de uma amiga, amicíssima... Uma amiga que esteve lá com ele, de madrugada, e saiu puta da vida, batendo porta e tudo. Tá entendendo?
— Tô. É um caminho.
— Ela pode ter botado a heroína pro cara cheirar. Ele confiava nela, estava desatento, ou então na hora da discussão, sei lá... Não é definitivo, está certinho demais, mas é o que eu tenho.
— E agora?
— Bom, agora eu vou pensar no que fazer. Tenho que obter o mandado de busca e apreensão pra saber se ela tem uma fita com ela. A fita do cara comendo a filha dela. Aí, já viu. Mas ó, silêncio tá? E obrigado pela ajuda. Não divulga nada disso.

"Segunda sem lei", pensou. Tinha que falar com o porteiro. Resolveu fazer uma hora no Corujão. Depois ia andando. Depois da chuva, claro. O cara pegava às seis da tarde. Era uma confirmação da presença de Rai que precisava. Ou qualquer outra coisa. Aquilo estava certinho demais. Mas podia dar sorte e ser simples assim. Resolveria o caso e subiria de *status* na delegacia,

acabando com os problemas anteriores por causa da bebida. Por falar em bebida, uma cervejinha não vai mal. Só uma bicada, claro. Sabia se controlar. Parou no Corujão em meio ao trânsito infernal da Quintino. Não havia muita gente. Vai ver que na segunda-feira até os *habitués* davam uma folga. Mas reconheceu logo uma das figuras. O tal do Carlos qualquer coisa, amigo de Johnny. O tal *bon vivant*. Ele não falhava. Ficava estrategicamente quase na porta, olhando o movimento.
— Salve!
— E aí? Senta aí.
— Sempre por aqui.
— É o meu posto de observação...
— O passa-passa...
— São as gatinhas, cara, as gatinhas. Uma hora dessas é o desfile. Já está acabando. Olha só essa bundinha. Essas meninas do Moderno, do Nazaré... Que belezinhas. Sabe que eu não me canso?
— Vai no conhaque?
— Não, fico com a cerveja.
— De trabalho?
— É, mas é só um pouquinho..
— E o Johnny, ficou por aquilo?
— Mais ou menos.
— Alguma coisa?
— Tinha droga na parada.
— Isso não é novidade. Hoje em dia quem não toma droga?
— Bem, eu não tomo.
— E como tu chamas isso que estás bebendo?
— Pois é...
— Coca?
— Também. Quer saber? Johnny morreu de *overdose* de heroína?
— Égua, heroína?
— Foi. O IML fez um exame laboratorial.
— O sacana tava pesado, hein?
— É... Você sabia?
— Claro, mas cocaína ele usava. Heroína não. De resto, também gostava de umas crianças...
— Criança como?

— Olha, todo mundo diz que eu sou falastrão, boca quente, inconveniente, mas eu tô cagando. A bicha gostava de traçar umas garotinhas, uns garotinhos... Eu sei... Ele e aquela outra bicha que ele namorava, o Léo.
— Eu tô sabendo.
— Como? Isso era meio encoberto...
— Mas eu já sei. Mas me diz de onde eram essas crianças.
— Ah, isso não sei. Acho que o Léo arranjava.
— Dessas de colégio?
— Ah, não. Acho que não. Isso é tudo bem nascido. Ia dar em confusão.... Acho que ele trazia do interior, ou ia procurar no subúrbio.
— E depois?
— Tás me perguntando muito. Eu não sei. Nunca perguntei. É só uma fofoca. O cara tá morto, porra.
— O Guilherme Conrado tá na parada?
— O Guilito? Não, porra. Aquilo é um leso... Só serve pra distribuir a grana com bebida... E olha, lá vou eu mais uma vez... O Guilito também fazia troca-troca com o Johnny... Todo mundo sabia na turma... Olha só! Olha só! Ô mamãe do céu.. Olha só...

Pediu a conta. Deixou o cara lá, gordão, bebido, na dele. Que turma! Porra, esqueceu de perguntar pelo tal do Léo e seu sumiço. Puta que pariu, esqueceu também de ver o Barra Pesada. Eles deviam ter dito alguma coisa. Quem sabe achavam alguma coisa. Mas foi até bom ter estado na rua o dia todo. Não foi encontrado. Teria que dar entrevista e isso agora não era bom. Quando voltasse à delegacia, perguntaria. Ainda tinha o Bode atrás do cara que pagou o motel. Segundazinha filha da puta.

Chegou no edifício de Johnny desviando dos buracos e das cascas de manga pelo chão. Teve a nítida impressão de o prédio estar sendo vigiado. Um Chevette em frente, parado, com dois caras dentro. Deixa pra lá. Não ia lá perguntar. Devia ser mania de perseguição. Manoel, o porteiro, não tinha ido trabalhar. O cara que estava levando toco estava muito puto. Ele não costumava falhar. Pelo contrário, tirava o toco de todo mundo. Achou bom. Sabe de uma coisa, voltou à Delegacia. Bode não estava por lá. Perguntou pelo Barra Pesada, mas ninguém lembrava

pra contar. Também ninguém tinha ligado perguntando por ele. Selma. Decidiu ir para casa. Segundazinha filha da puta. Precisaria se preparar para o mandado de busca e apreensão. Voltou andando pela Arcipreste. Passou na frente do prédio de Selma. Só por passar. Quem sabe ela ia saindo... Não. Chegou no hotel e encontrou Amélia esperando no saguão. Essa não. Amélia!
— Oi.
— Oi, Amélia. Tudo bem?
— Tudo. Estás bem? Tá com uma cara... É só de me ver?
— Não, é cansaço mesmo. Uma segunda-feira pesada, sabe?
— Só trabalho? Estás com hálito de bebida..
— Foi só uma bicada...
— Tu sempre começas assim. Depois não sabes parar.
— Vais começar?
— Não, eu não vim pra brigar contigo.
— Eu estou no caso da morte desse cabeleireiro... Johnny.
— O Barra Pesada falou.
— Foi? E aí?
— Não muita coisa. Fez o registro e disse que tu estavas no caso.
— Pois é... O fim de semana todo investigando. O cara morreu foi de *overdose* de heroína. Mas isso tá mal explicado. O cara não era leso. Ninguém toma *overdose* de heroína sem mais nem menos. Acho que foi assassinato, sabe? Alguém fez ele cafungar a herô por engano.
— Por engano?
— Sim. Trocou coca por herô na hora, sei lá. Ainda estou investigando... E tem mais, tenho uma suspeita.
— Quem?
— Rai Andersen.
— Aquela das colunas?
— Exatamente. Era amicíssima. Mas é que eu descobri umas fitas de vídeo. O Johnny transando com crianças de 10 anos de idade, por aí.
— Poxa...
— É. Mundo cão. E a empregada reconheceu numa foto, a filha dessa Rai sendo estuprada... E quer saber mais? A menina era afilhada dele.

— Eu hein... Tá bom, nem me conta mais... Vamos jantar juntos?
— Amélia...
— Não dá?
— É que...
— Olha, eu não tô aqui pra te deixar voltar. Não tô aqui te pedindo nada. Nem sexo. Mas eu sou honesta contigo, sinto saudade. Preciso saber como está o negócio da bebida. Lá em casa todo mundo pergunta por ti.
— Mas eu sei perfeitamente como me cuidar. Depois, tu não soubeste me compreender. Tu achas que eu sou um bestalhão, um cara sem força de vontade, né? Um sem-vergonha. Pode dizer, pode dizer de novo. Eu já cansei de ouvir. Afinal de contas, o que é que tu vieste fazer aqui?
— Eu vim numa boa. A gente podia conversar. Só isso.
— Tu vieste foi saber se eu tô ou não tô bebendo. Pra fazer o relatório mensal, foi? Ora, não me enche o saco!
— Grandes merdas Gil, grandes merdas tu pensas que és!
— Tu é que vieste atrás de mim.
— Pois já estou indo. Tomara que tu entres pelo cano. Depois, quando tu estiveres mal, muito mal, sozinho, jogado numa sarjeta, tu vais te lembrar de mim. A lesa, a boba, a coitadinha. Aí tu vais te lembrar de mim. Mas pode ser tarde, viste? Pode ser tarde...
— Eu sei de mim. Não me enche o saco.

Ela foi embora rápido. Virou o rosto e foi andando firme. Sabia que estava chorando. Tinham discussões tão idiotas. Queria correr e segurá-la, pedir desculpas. Ela, por ela, com certeza, ficaria. Mas haviam imensos muros entre os dois, construídos em alguns anos de convivência. Muros cheios de limo, cacos de vidro, difíceis de serem superados. A vida era difícil porque estava sem ela. Sem amor. Sem um ponto de retorno. Seu porto seguro. Agora sua volta era à impessoalidade do hotel e seus aposentos de ninguém. De qualquer um. Uma discussão tão besta mas que provocava tanta mágoa.

Passou no bar e pegou logo uma garrafa de cerveja. À merda, pensou. Era hora de beber e pronto. Não sabe por quanto tempo. Ou quantas garrafas. O garçom veio chamá-lo. Já estava naquele patamar interessante, de aparente calmaria, lentidão,

língua pesada. Anestesiado. À salvo dos cuidados de Amélia e dos perigos do mundo. Mas não.
— Gil? Aqui é o Ademir. O Dema. Tu precisas vir pra cá.
— Quem?
— Porra Gil, acorda.
— Ademir?
— A barra tá suja, cara. Sabe a empregada daquele cabeleireiro que morreu no sábado? Pois é. Ela foi assassinada. Parece que foi sequestrada antes, no carro... Vem pra cá.
— Onde tu estás?
— Aqui por trás do Mangueirão. Tem uma entrada...
Despertou daquela modorra alcoólica de sopetão. A adrenalina a mil. Levantou derrubando cadeiras e afastando mesas. Lola estava morta? Caralho! Pegou um táxi. Encontrou o lugar. Havia carros da Polícia. A ambulância. Luzes ferindo a vista. Barulho. Curiosos sendo afastados. Foi chegando lentamente, como quem não quer ver o que inevitavelmente vai ver. Ademir veio logo falar. Estava conversando, ouvindo o rádio e veio a notícia. Ouviu o nome, lembrou da mulher e foi até lá por curiosidade. Ligou pra ele. O delegado era o Geraldão. Conhecia. Já tinha jogado futebol com ele. O cara era um zagueirão grosso pacas. Veio falar com ele. Levou até lá. O Uno estava jogado de lado. Lola atirada na piçarra.
— Ela foi morta a pauladas, acho. Cobriram de porrada.
— Estupro?
— Acho que sim, as roupas estão rasgadas. Mas o IML vai dizer. Não sei se era pra roubo. Isso está estranho. Não foi sequestro. Acho que ela tinha alguma coisa que eles queriam. Tem marca de pneus saindo, mas já viu. É difícil pra gente saber isso. Não temos recursos. Pra mim eles entraram no carro dela e vieram com outro atrás. O carro dela está cheio de coisas. Parece que estava se mudando. Mas não roubaram nada. Pode ter sido queima de arquivo, sei lá. Conhecia?
— Sim. Ela era empregada daquele cabeleireiro que apareceu morto no sábado, soube?
— Soube. Tu estás na parada?
— Tô. O cara morreu de *overdose* de heroína. Mas eu acho que fizeram ele cheirar. Ou então cheirou sem querer. O cara não era lombradão pra dar essa cafungada.

— Porra, cara, vai sobrar pra ti...
— Deixa eu dar uma olhada no carro...
Lola estava levando televisão, som, roupas, umas coisas dela. Como me disse. Estava tudo remexido. Quebrado. Não prestava nada. A perícia ia olhar, mas pra fazer o quê? Era uma zona erma, dessas de desovar presuntos, como se falava. Porra, aquilo estava ficando complicado. Será que Lola tinha omitido alguma coisa? Precisava voltar ao apartamento para olhar melhor. Deu uma última olhada em Lola, como quem se despede. Rezou uma ave-maria. Coitada. Os repórteres já o tinham notado. Deu uma desconversada. Pegou o táxi. Tocou pro apartamento. No caminho, começou a passar mal. Tinha bebido muito e rápido. Agora, que precisava pensar, não conseguia. Entrou no edifício correndo. Nada de porteiro. Onde teria ido. Passou a chave. A porta estava forçada. Caralho. Deu um *break*. Podia ter alguém lá dentro. Conteve o ímpeto. Entrou mansamente. Ninguém. Ligou as luzes. Tudo desarrumado, jogado pro ar. As cadeiras e sofás arrebentados. No quarto, tudo quebrado. A banheira entulhada. Os armários. Roupas rasgadas. Puta, que cagada! Passou mal. Sentou na beira da cama. Correu pro banheiro pra vomitar. Tonto. Muito tonto. Arrastou-se para fora. Não havia ninguém no olho mágico. Agora não podia ver. Queria escapar dali. Sentiu um frio na espinha de medo. Puro medo. Quando saiu, deu de cara com os repórteres. Televisão. Luz. Quis fugir. Não deixaram. Faziam perguntas. Não podia responder. Nem conseguia. Estava pálido, passando mal, com medo. Estava bêbado, ainda? Escapou. Voltou pra delegacia. Trancou-se em uma sala. Dormiu de bruços na mesa.

14

Pisada na bola. Sonhava com Lola e seu carro. A figura que ia passando e viu a surra que ela levava. O rosto de Lola, deformado de pancada. O carro todo revirado. Entrava e também começava a procurar por algo. Debaixo do banco traseiro, sim, remexia e de repente surgia o rosto de Selma. Acordou com um safanão. Era Bode.

— Puta que pariu Gil! Puta que pariu! Pisou na bola. Égua da pisada na bola. Puta que pariu, tinha que ser agora?

— Pisada o quê, porra!

— Acorda de uma vez, porra. Sujou pro teu lado. Sujou pacas.

— Sujou como?

— Porra, cara, tá nos jornais a cagada do Johnny, a morte da Lola e sabe o que mais? Sabe o que mais? Fala do teu porre. É, tu sabes que eles não perdoam, né? Já leste? Não. Então olha aqui...

Olhou aquele amarfanhado jornal com a página policial. "Assassinada empregada de cabeleireiro da alta." E a seguir:

> Encontrada morta a pancadas Lorelei... Era empregada do cabeleireiro Johnny, que apareceu morto no sábado de manhã em sua casa, com indícios de *overdose* ainda não confirmada oficialmente. A empregada fora na casa do patrão pegar objetos pessoais. Aparentemente foi sequestrada e morta... A reportagem também esteve no apartamento do cabeleireiro, que estava completamente revirado. Na porta, o delegado Gilberto Castro, da Seccional da Cremação, em adiantado estado de embriaguez e nervosismo, tratando mal a imprensa... É mais um caso em que a Polícia parece estar

completamente alheia ou incapaz de proteger a população. E ainda revela estar trabalhando com profissionais sem condições de exercerem a profissão. O caso do delegado vai ser levado ao Corregedor. O assassinato de Lorelei e a morte de Johnny estão claramente ligados. Os assassinos estavam à procura de alguma coisa importante que estava em seu poder. Não houve estupro e os objetos que estavam dentro do carro foram destruídos, sem roubo. Não se sabe o que a Polícia vai fazer.

— Porra...
— E tu não viste isso aqui ainda.
Estava em uma coluna, dessas policiais.

Não é a primeira vez que o delegado Gilberto Castro apresenta problemas de alcoolismo. Figura da nova safra de delegados, com bacharelado em Direito e cursos fora do Estado, ao contrário de contribuir para uma mudança nos métodos de investigação, ele tem dado problemas com seu comportamento quase sempre alterado pela bebida. Ontem, ao ser flagrado pela imprensa vistoriando o apartamento do cabeleireiro Johnny, aparentava estado de embriaguez, tratando a todos com nervosismo e grosseria. Espera-se uma atitude firme da Corregedoria em relação a ele. Como está é que não pode ficar.

— Esse filho da puta não sabe de nada. Fica aí escrevendo merda.
— Gil...
— Porra, Bode, tu sabes que não é isso.
— Porra, e como é que tu vais te entregar na frente da imprensa? Onde tu estavas com a cabeça?
— Porra, eu já estava em casa. Tive uma discussão com a Amélia que foi lá com aquelas merdas dela... Estava bebendo quando me ligaram avisando da morte da Lola, essa empregada... Eu tava pesadão mas fui lá. Porra, foi foda. Eu tinha falado com ela de dia... Quando vi o carro todo revistado, lembrei do apartamento e corri pra lá. Acho que os caras sacaram e vieram atrás...
— Te pegaram na porta.
— Foi. Porra, Bode, foi foda. Aquilo tudo revirado, sabe?

— Porra Gil, tu não és mais nenhum principiante...
— Aquilo me deu nos nervos, cara. As coisas ainda não estão encaixando... A gente começa a pensar em tudo... Começou a rodar. Me deu uma náusea... Foi foda. Tive que sair na marra. E quando saio, aquela turma toda... Porra, sai pra lá...
— Tu sabes que o que não falta aqui é urubu. Estão todos lá fora naquela base, tu sabes. Nessas horas, todo mundo tem razão, até parece que sabem fazer melhor...
— Com essa turma eu sei lidar...
Tocou o telefone. Batata, era o corregedor, chamando-o para uma conversa. Conhecia bem o doutor Barbosa, velhão da Polícia, educado e que apostava nele. Estava, naturalmente, chateado pacas. Não conhecia maior humilhação do que ir pedir desculpas por algo tão idiota, que tinha permitido acontecer consigo. Ninguém podia estar tão aborrecido com ele. Mas tinha uma saída. Ele é que precisava falar com o corregedor. Precisava de um padrinho e o doutor Barbosa podia ser. A menos que antes fosse afastado do caso, suspenso, qualquer coisa. Nem que fosse para satisfazer o desejo de sangue daqueles vampiros da imprensa. Mas, se pudesse falar, ia explicar o caso do Johnny. Essa morte da Lola vinha complicar, mas tinha de ir adiante no pedido de busca e apreensão da Rai Andersen. E o doutor Barbosa ia ajudar. Sem ele, sem apoio, e diante da situação, podia se despedir. O corregedor exigia sua presença imediata. Tá bom, iria, também tinha pressa. Mas antes precisava ouvir Bode.
— O tal do Silvestre. Registrou? Pois é. O que pagou o cartão no motel. Fui lá.
— E aí?
— Precisavas ver. Liguei pra casa dele e deram o endereço da loja. É dessas 24 horas, sabe? Loja de conveniência. Cheguei lá e me identifiquei com o atendente. Ele foi lá dentro chamar. O cara chegou na maior pose. Primeiro foi esculhambando, dizendo que não ia contribuir pra porra nenhuma de caixinha, não sabia de nada. Jogava pra plateia, sabe como é. Mas eu disse que era melhor a gente falar em particular. Aí ele disse que falasse ali mesmo, que não tinha nada pra falar em particular. Disse que era sobre a conta que pagou no motel. Ele levou um susto e me pediu pra ir lá atrás, no escritório. Fomos lá. Ele foi

pedindo pra desembuchar, perguntando se eu trabalhava pro motel, se tinha dado problema no cartão e tal. Disse o que era. A menina morta. Pô, Gil, o cara ficou branco. Brancão. Não sabia de nada. Não lembrava da Babalu. Depois disse que talvez, mas não lembrava direito. Engrossou a voz de novo dizendo que aquilo era chantagem, que não tinha acontecido nada. Eu também engrossei. Dei os detalhes. O local, o caseiro, o 192 e a morte. Omiti se ela tinha contado ou não alguma coisa. O cara logo afinou. Disse que não tinha nada com aquilo. Que de vez em quando arrumavam umas meninas pra uma suruba. Iam pela farra. Que nunca tinha acontecido nada. Eu acho mesmo que ele não sabia de nada. Disse que tinha pago com o cartão e que era um esquema de rodízio pra não dar problema com as mulheres. Perguntou se ia dar escândalo. Que aquilo podia acabar com a vida dele. Eram inocentes em uma farrinha inocente. Perguntei quem era o chefão. Quem tinha contratado as meninas. Porque se não era ele o líder, o que tinha pago a conta. Disse que quem fazia a jogada era o Cristóvão. Um tal de... Cristóvão Gusmão, que entrava em contato com o cafetão ou cafetina e botava as meninas lá num carro da firma dele. Depois da sacanagem, elas pegavam o dinheiro e iam embora nesse carro. Tudo limpeza. Pedi o endereço. Ele perguntou se eu ia falar com o cara. Disse que sim. Ele disse que aquilo ia deixar o cara muito puto. Que tivesse cuidado. Que a barra dele já estava suja. Mas pior é ser acusado de assassinato. Porra Gil, a palavra assassinato fez o cara despencar de vez. Um molenga. Entrou de "lara" na história.

— Escuta, esse Cristóvão não é aquele que vivem acusando de ser traficante?

— Ele mesmo.

— Tens certeza?

— Tenho. E fui lá no negócio dele. Fica na Dr. Freitas, perto do Aeroclube. Um galpão que ele transformou em depósito e sede.

— Porra, aí eu não sei...

— Eu tava com a mão na massa. Mas o cara não estava. Ou então mandou dizer que não estava. Pra chegar nele, uns três ou quatro aspones. Quando chegou um, cara, eu tive de dizer. Porra, susto geral. O cara me chamou prum canto e eu repeti

a história. Ele disse que ia dizer e o cara ia me procurar. Dei o endereço daqui, né? Mas vou voltar lá ainda hoje. Talvez pegando ele assim de surpresa...
— Isso tá ficando pesado.
— Mas se der certo, puta que pariu, nós vamos disparar!
— É melhor se acalmar. Olha, vamos comunicar tudo isso ao pessoal da Seccional do Coqueiro.
— E eles ficam com o filé?
— Como está não pode ficar. Como é que a gente sai daqui e se mete na área deles? Acho que já fomos longe demais...
— Ah, essa é que não. Porra, a gente fica aqui cuidando de umas merdinhas que ninguém quer saber. E vem esse caso e cai no colo da gente e tu queres sair fora? Sem essa, cara. Nós temos todos os indícios.
— Tu não vais falar? Eu falo. Depois a gente briga pra continuar no caso e vai dando as coordenadas.
— Nem pelo caralho.
— Bom, eu vou dizer. Mais ainda, pra te mostrar que eu não vou deixar assim de mão beijada, eu vou passar na casa do pai da Babalu. De lá pra cá ela sumiu, já deu no jornal a notícia da morte, enfim, as amigas podem ter aparecido. Aí a gente tem mais elementos...
— Porra cara, tu andas sem culhão...
— Vai pra merda Bode, eu sou o principal interessado. Mas só que a barra já anda pesada pra mim... Vai lá de novo, com esse Cristóvão. Mas quero te dizer uma coisa: isso pode feder. O cara é figurão... Essa área de drogas já está mais com a PF e tu sabes que eles são metidos a merda.. Nós podemos nos foder de verde e amarelo.
— Mas pode dar certo. Eu vou nessa. Me conta qualquer coisa. E olha, vê se tu é que limpas tua barra, porra. Põe vergonha na cara, porra. Para com essa história de beber até cair!
Dizer o quê? As pessoas teimam em não acreditar que se trata de uma doença. Acham que é fraqueza de espírito, de moral, falta de vergonha na cara. Acenei como quem concorda. Fui lá com o doutor Barbosa. O clima pesado na antessala. Todos fazendo de conta que não sabiam o que rolava, mas sabiam e tinham pena de mim. Ele me recebe. Quando entra, já está com aquela máscara de verdugo, pronto para a esculhambação

e uma decisão final. Tenho que ouvi-lo primeiro. Gastou seu latim. Falou da decepção. Do investimento que tinha sido feito em mim. Na luta pela mudança do perfil da Polícia, jogada por terra naquele espetáculo que eu havia dado à imprensa, bêbado. Que esse meu problema, se fosse de saúde, ele achava, estava impedindo que eu trabalhasse direito. Que talvez fosse melhor tirar umas férias, uma licença, com tudo pago. Ele faria uma última aposta. Dava uma descansada e depois voltava numa boa. Ele estava recebendo pressões para redistribuir o caso de Johnny.

Mas espera aí. Tinha ido lá foi para pedir proteção, ajuda. E comecei a contar o que havia descoberto. Falei de Johnny. De Lola. Do salão. Dos amigos. Evitei Selma. Evitei falar, pronto. Mas falei de Rai. Porra, o negócio das crianças calou fundo. O Barbosão tinha ódio de veados. Era conservador e só de pensar nessas figuras de voz mansa e andar efeminado ele foi ficando puto. Agora não sabia se deixava pra lá pois era apenas mais um veado morto, ou se ia pra cima da Rai. A barra ia pesar. Disse que o cara era famoso nas altas. Que eu tinha saído em todos os jornais como o delegado bêbado. E agora pedia busca e apreensão de Rai Andersen, com a possibilidade de encontrar heroína na parada. Porra, isso era demais. Era. E não tinha jeito. Ele me olhou demoradamente. Pesava os riscos. Analisava os pontos que eu havia denunciado. Depois me disse que ia na jogada. Que se arriscaria. Que podia também se dar mal se eu não correspondesse. Que podia jogar a carreira na lama, também. No ridículo. A mulher era da alta. A chance era chegar na frente, rápido, sem dar chance às pressões de figurões e advogados. Gostei. O Barbosão era dos bons. Ia comigo na Justiça pra dar entrada na Vara Criminal no pedido por causa dos veementes indícios e coisa e tal. Ia comigo porque ia haver distribuição do processo e ia demorar dias. Tinha que sair naquele dia mesmo. Será? Vamos torcer. Eu falo com um chapa meu. Um cara quente. Mas nos lembramos de Lola. Disse que o caso não era meu, especificamente, mas ficava claro que estavam procurando alguma coisa. O apartamento estava todo quebrado. Antes, eu também já tinha dado uma geral. Isso tudo estava ligado, de qualquer maneira. O que tínhamos, agora, era esse pedido. Fomos lá. Vocês sabem como é na Justiça. Muita frescura. O medo do Barbosa era que distribuíssem pra um juiz desses que frequentam a alta sociedade, que os conhecesse e botasse panos quentes. Mas demos sorte. O juiz era um cara sóbrio e amigo do amigo do Barbosa. Explicamos a necessidade e a pressa. Tinha demorado a tarde inteira. Mas saíram com o pedido em mãos. Agradeceu. Jurou confiança.

Voltou para a Seccional Urbana da Cremação. Ia reunir a equipe. Tinha que ser secreto. Também queria falar com Bode. Ele tinha que ir. Chegou e já não encontrou seu pessoal. Dias complicados. Falta de pessoal. Pensou em ir de manhã, bem cedinho. Guardaria o segredo. Bode chegou.

— E aí cara, ainda está no caso?
— E como. Total.
— Foste lá com o Corregedor?
— Fui. Ele queria me dar uns dias de licença. Mas acho que era suspensão. Mas eu contei o caso. Pedi a ajuda dele. Nem sabes, fomos lá na Vara Criminal e tim-tim! Olha aqui o pedido de busca e apreensão.
— Já? Então vamos.
— Já não tem muita gente. Escuta, amanhã de manhã bem cedo é melhor. Agora corremos o risco de ela não estar em casa.
— Voltei lá com o barão do motel.
— E aí?
— Nada feito. O cara não quer falar. Com certeza. Ainda por cima veio uma figura, acho que é guarda-costas e me deu uns avisos, sabe?
— Avisos?
— Disse pra dar um tempo. Que o patrão não tinha tempo pra mim... Que tivesse juízo porque o cara se aborrecia e eu ia me foder.
— Ameaçou?
— Sim e não. Tu sabes. Aqueles segredinhos... Me deu uma raiva. Mas tu sabes que nessas horas a gente faz o patinho, né? Tranquilo, tranquilo. Aí tem. Fiquei na mutuca, lá por fora. Os caras começaram a bater ponto e sair. Perguntei pelos motoras. Falei com eles. Disseram que quem trabalhou sábado foi o Tracajá. Apelido do cara. Ele saiu pra pegar o ônibus, fui atrás dele... O cara se assustou, claro. Me identifiquei, fiz voz grossa, de *artoridade*... O cara deu a ficha. Tinha apenas levado umas

garotas no Glads e levado de volta. De vez em quando fazia isso. Os barões comiam as meninas. Tudo garota de programa. Eu perguntei se ele se divertia também. O cara é da Igreja Universal, porra, aquela do Edir Macedo... Imagina! Perguntei se não tinha faltado nenhuma das meninas, na volta. Disse que não sabia. Não contava. Que algumas saíam sozinhas e não voltavam com ele. Às vezes emendavam pra outro programa. Perguntei especificamente por uma que ele apanhou na Ponte do Galo. Lembrou dela, bem bonitinha. Mas não lembrava se tinha levado de volta. Achava até que não. Apertei e ele lembrou. Não levou de volta. Aí é que vem. Perguntei quem agenciava essas meninas? Disse que variava. Às vezes ele só ia apanhar as meninas com os endereços na mão. Em outras, ia um representante. Mas que neste sábado foi um veado, um tal de Bibi.

— Bibi?
— É. O veado.
— E onde o cara mora?
— Aqui perto, no Jurunas.
— Puta, essa foi boa. Sabe de uma coisa, ia lá na casa do pai da Babalu. Mas agora é melhor ir atrás desse Bibi. Vamos?
— Não disseste pra comunicar lá pro delegado do Coqueiro? Pra gente cair fora?
— Disse, mas não podemos perder tempo nesse caso. Depois a gente vai e abre o jogo. Vamos aproveitar.

Pararam antes na esquina da Pariquis com a Padre Eutíquio para um cachorro-quente, lógico, dos paraenses, com muito picadinho. Aquele lugar era famoso. Tão famoso que até meliantes como o Tamuatá Branco apareciam por lá também. Depois atravessaram para o Tip Top onde tomaram sorvete de bacuri. Ninguém é de ferro.

— Pensa bem. Esses dois casos, do Johnny e da Babalu, podem ter caído do céu pra gente.
— Ou do inferno. Bem, enfim aparece algo realmente importante...

15

Imperial. Albertino Casemiro Parente nasceu em Marapanim e cedo percebeu que não gostava das mesmas coisas que seus colegas, como jogar futebol e brechar as meninas no banho. Eles também perceberam. A partir daí começaram os apelidos, as brincadeiras. E as surras que levava de seu pai. Surras de marcar o corpo, assistidas pela mãe que ficava penalizada, mas acreditava que os castigos talvez o fizessem pensar melhor.

Pensar melhor. Nunca se viu como homem. Ao contrário, sentia-se mais feminino do que todas as meninas das redondezas. Foi por sentir não pertencer àquele mundo que tomou a decisão de fugir de casa, para Belém. Para a cidade grande, onde haveria espaço, com certeza, para exercer sua verdadeira personalidade.

Chegou sem nenhum tostão e batalhou para sobreviver, dia após dia. Pediu esmola, foi flanelinha, foi subindo. Não se prostituiu, não se drogou. Ele queria mais. Guardava sempre o carro de uma professora, bastante idosa, dessas velhinhas que teimam em dirigir depois dos 80 anos. Era atencioso. Lembrava da avó. A velha uma vez pediu um favor para levar as compras para o apartamento. Foi. E foram outros pedidos. Um dia perguntou onde morava. Disse que tinha uma vaga num quartinho ali na Riachuelo, mas que não transava droga, nem era prostituto.

Já era o chefe dos flanelinhas do seu pedaço. Respeitado mesmo todos sabendo de sua homossexualidade. Vez por outra namorava. Coisa rápida. Não podia perder tempo com bobagem. A velha ofereceu um quarto no apartamento. Tinha medo de morrer sozinha. Aprendera a confiar nele. Ou o tinha escolhido para isso. Aceitou. A sorte apareceu, enfim. Com Dona Teresa, ou Professora Teresa, ele aprimorou seus conhecimentos, melhorou as roupas, o asseio e quando um dia, ao acordar, percebeu que ela havia morrido, tranquilamente, durante o sono, sacou que era hora de ganhar o mundo. Chamou umas sobrinhas que moravam na Cidade Velha. Elas sabiam dele, o que consideravam uma excentricidade da velha, que não queria a companhia delas, nem trocar de casa. Esperou pelas sobrinhas com as malas prontas. Não levou nada que não fosse seu. Não esperou que elas o convidassem a sair. Não foi ao enterro. Mas no dia seguinte e em vários outros, esteve na sepultura de Dona Teresa. Isso elas não fizeram. Estavam interessadas nos bens. Deixa pra lá.

Enquanto morava com Dona Teresa, Albertino, ou Bibi, como gostava de ser chamado, livre para correr a cidade, sobretudo à noite, quando era liberado, encontrou Shirley, ou Nonato Plato, uma bicha já estabelecida, que ficava em meio a uma roda de meninos e meninas ali atrás da Quadra do Clube do Remo, na Braz de Aguiar. Fez amizade. Começaram a namorar. Nonato já era veterano. Ganhava a vida agenciando pequenos programas para meninos e meninas. Eles chegavam aos magotes, seduzidos pela possibilidade do dinheiro fácil para comprar roupas e ter acesso àquilo que todos os outros, filhos de barões, tinham. Queriam andar nos carros importados. Queriam dançar nas casas noturnas. Nonato era a porta. Outros, sem esperar, caíam na vida, pelas esquinas da Praça da República, perseguidos por "boyzinhos" armados com espingardas de ar comprimido.

Aprendeu o jogo, começou ajudando na seleção de meninos e meninas. Tinha suas predileções. Aos poucos, sentiu que tinha mais talento para escolher e, pela educação que recebera, maior jogo de cintura. E Nonato estava relaxando. Uma vez houve um convite para promover um desfile em um clube de Ananindeua. Não era das altas. Mas para iniciar, uma boa. Pegou meninas e rapazes. Correu algumas butiques e fez o desfile. Gostou. Nonato, não. Acabou o namoro em um grande escândalo com dedo em riste, desmaios e agressões no meio da rua. Mas foi bom. A maior parte do "plantel" veio atrás dele colocando-se à sua disposição. Azar de Nonato. Nem lembra que fim levou. Tornou os gestos mais leves, mais frescos, para fazer o tipo. Mas na verdade era a bicha séria, que não desmunheca se não quer. E os negócios melhoraram. Alugou um barraco no Jurunas. Dali, centralizava os negócios. Agenciava os meninos e meninas. Apresentava desfiles em clubes populares. Ensaiava debutantes. Era estilista de escola de samba e blocos. Agora, não tinha mais namorado. Era um empresário. Não pensava nisso. Quando a coisa apertava ele chamava um dos meninos em casa pra fazer uma festinha e pronto. Sem compromissos. Assim estava bom e não queimava o filme.

O Imperial ia fazer mais um baile e ele, pela terceira vez, era chamado para ensaiar as meninas. Profissionalmente era corretíssimo. Tratava as mães e diretores com cortesia, e com brutalidade as meninas a quem não parava de indicar imperfeições. Quando o clube estava cheio de gente assistindo, caprichava no rebolado e na voz mole. *Marketing*. Sabia como funcionava. Mas naquela terça-feira à noite, com ele e as meninas, havia apenas dois diretores e algumas mães. Veio o porteiro do clube e pediu para falar. Foi recebido com palavrões e gritos que todos disfarçavam e faziam que não ouviam. Fazia parte. Mas quando seu Getúlio avisou que havia dois policiais à sua procura, baixou o tom de voz e disse que já ia. Que esperassem. Em seguida, retomou o ensaio e pediu que todas ficassem circulando, desfilando, que já voltaria. E naqueles segundos em que se voltou para a portaria do clube e caminhou, sua mente foi *scaneando* todos os acontecimentos, investigando o que poderia ter acontecido. Sentiu aquele frio na barriga que todos no Brasil sentem, inocentes ou culpados, quando são chamados pela Polícia. Respirou fundo, incorporou um ar confiante e chegou.

Um deles era até bonito, em um paletó amassado. O outro, mais velho, era desses que não ligam muito pra roupa. Cobrem-se e está bom.

— Pois não?
— Bibi?
— Sim.
— Qual o nome todo?

— Albertino Parente. Por quê?
— Escute, a gente precisa conversar sobre um assunto sério.
— Olha, eu sou um profissional e estou trabalhando...
— Tenho umas moças lá dentro me esperando.
— Tem porra nenhuma. Isso aqui é a Polícia. O assunto é sério. Vais querer conversar aqui mesmo ou lá fora. Ele pode escutar?
Seu Getúlio estava em guarda. Não que fosse fazer alguma coisa, na sua idade, sem saber do que se tratava, desconfiando que a bicha podia ter aprontado e estando à frente de dois policiais. Bibi disse que ia. Pediu a Getúlio para esperar alguns minutos e não dissesse nada a ninguém. Já voltaria. Só fizeram sair à rua, ao vento úmido anunciando outra chuvada.
— Já soube da Babalu?
— Babalu?
— Olha aqui veado filho da puta, eu te arrebento de porrada agora mesmo se continuar a ficar dando uma de leso...
— Que Babalu?!
— Vamos, vomita veado. Ou então vais pegar porrada e ainda vais em cana, na frente de todos os teus clientes...
— Tá bom, eu sei. Mas o que foi? Eu nem tenho visto ela...
— E nem pode ter visto. Qual foi a última vez?
— Ah, nem sei... Foi há tanto...
— Fala filho da puta!
— Sábado! Sábado!
— Como?
— Ela e outras meninas. Foi um desfile...
Sentiu aquele murro forte, na boca do estômago. Pensou que o jantar vinha todo em espasmos. Bem, tinha medo de violência. Aquele era um bom argumento.
— Deixei num motel. O Glads.
— Como deixou?
— Elas todas faziam programa. Eram meninas de programa. Eu apenas agenciei. Me chamaram, eu levei as meninas, peguei meu dinheiro e me mandei. Por favor, não bate mais, para com isso. O que foi que aconteceu com ela?
— Babalu está morta.
— Quê? Não é possível. Isso nunca...

— Quem te contratou?
— Fala logo!
— Não pode ser. Não é a primeira vez. As meninas vão, os caras se divertem e até mandam deixar em casa...
— Fala porra!
O cara de paletó tirou um revólver e meteu na sua boca. Aquele cano entrava ferindo a gengiva, o céu da boca, dando ânsias de vomitar. O cérebro funcionava a toda velocidade. Como dizer quem foi? Aquilo seria o seu fim. O cara ia persegui--lo, enchê-lo de porrada. E depois, morta? As lágrimas vieram em torrente. Em parte por Babalu, em parte por medo. Piscava muito e selecionava o que podia dizer. Seria o seu fim.
— Fala porra!
— Foi o Cristóvão. Ele tem meu telefone. De vez em quando levo uma menina nova pra ele. Gosta de novidade. Gosta de virgens. Eu só levei as meninas, meu Deus!
Os dois se olharam, como confirmando a suspeita. E agora seu mundo estava acabando. Sentiu alguma coisa quente escorrendo pelas pernas. Que vergonha. Que medo. Eles sentiram o cheiro.
— Bicha filha da puta, está se cagando toda.
— Ela era minha amiga. Como foi?
— Mataram ela de porrada. Porrada, sabe? Quebraram toda...
— Vocês conheciam ela?
— Eu conhecia. Era minha amiga, sua bicha filha da puta!
— Meu Deus, como pode ter acontecido! Eu estava guardando ela pra ser *miss*...
— Guardaste pra caralho.
— E agora?
— Agora vai ser foda.
— Vou ser chamado?
— Com certeza.
— Isso vai acabar com a minha vida.
— E a dela?
— Eu sei... Mas...
Pessoas saíam da sede pra ver o que acontecia. Olhavam curiosas, assustadas, com medo de chegar perto. Na casa ao lado, uma vizinha, dessas acostumadas a assistir de camarote as confusões

naturais na saída das festas, postava-se na janela, sem ligar a luz. Deixaram ele ali, encolhido, encostado em um poste, chorando por Babalu e por sua vida. E agora, o que iria ser? Sua vida não valia um tostão. E a vergonha do cheiro que suas roupas exalavam. Esperou os dois policiais irem embora e também chamou um táxi. Quando ia entrar, uma mão segurou no ombro. Despacharam o táxi que, rápido, foi embora. Deram uma porrada na cabeça. Quis protestar e o abraçaram com muita força. O arrastaram para um caminhãozinho frigorífico, sem marca. Jogaram lá atrás. Levou outra porrada na nunca. Tudo ficou escuro. A porta fechou.

— Agora temos a certeza.
— Certeza que foi o cara que pagou tudo. E nada mais.
— Barões filhos da puta. O cara tem mulher em casa, vida boa, casa, televisão, carro importado, mas tem que pagar mulher. E não é nem mulher. São meninas novas, cheirando a leite, que eles devoram feito uns leões...
— É, isso é mundo cão.
— O deles.
— O nosso, às vezes.
— Não se você não deixa ele entrar.
— Coisa difícil.
— A Babalu não merecia morrer assim.
— Tu gostavas mesmo dela?
— Não é isso. Mas é que ela era bonita mesmo, sabe? Deus é fogo. Enquanto tem ricaça que se mata fazendo exercício, operação plástica, butique pra ficar bonita, vem uma menina lá do cu do mundo e é naturalmente mais bonita, sabe? E a menina era realmente especial. Saí com ela e me impressionou...
— Tu também comeste.
— Eu queria, sabe? Eu queria. Ela não quis. Ela queria era namorar comigo, numa boa, sabe? Deixei ela em casa e fiquei de passar outra vez. Mas essa vida que a gente leva...
— Vamos comunicar tudo pra outro pessoal checar o resto?
— Me dá uma raiva, porra. Raiva do mundo. É, eu ainda acho que isso é que está certo. A gente já fez o que devia. Agora é só engolir. A coisa tá mastigada...
— Vais pra casa?
— Vou.

— Com certeza?
— Vou, porra, hoje eu vou. Com certeza.
— Vê lá, hem?
Bode o deixou na porta do hotel e seguiu no táxi que dobrou na Presidente Vargas. Depois, dobrou na Riachuelo. Dobrou na Padre Eutíquio e foi fechado. O motorista esculhambou. Ele também. Desceram quatro homens e meteram uma escopeta na sua cara. Levantou os braços e saiu. Enquanto era empurrado para trás de um caminhãozinho frigorífico, ouviu dizerem ao motorista que se calasse porque senão ia morrer ali mesmo. Levou uma porrada na cabeça, de tirar sangue. Mal pôde ver, antes de fechar os olhos, que tinha companhia. O cheiro de merda era forte.

Gil desceu, na porta do hotel se despediu, deu um tempo e chamou outro táxi. Aquilo era demais. Precisava de uma cerveja. Era humanamente impossível suportar tanta pressão de um lado ou de outro. "Me deixa ali na Braz de Aguiar". E então foi andando, checando os bares em que ia ficar. Hoje era Lokau. Pediu uma cerveja. A primeira. Falou com os garçons. Eles deram aquele sorriso cúmplice. Aposto que já sabiam do seu escândalo. Mas garçom é cúmplice. Desde que você faça o seu pedido. Onde aquilo iria. Babalu morta. Johnny morto. Lola, também. E o caso de Lola. Tinha checado tudo e, no entanto, procuravam alguma coisa. Tinha consigo a fita da secretária eletrônica. E se estivessem procurando por ela? Ia checar novamente todos os recados. O computador não era. Lola ligara e mostrara o que havia gravado. Nada importante. Somente jogos. Johnny gostava desses brinquedos. CD *laser*, videocassete, computador, secretária eletrônica. Tinha de tudo. E o que poderia estar escondendo. É claro que aquela bicha, Dom Juan, não tinha nada de suspeita. Era apenas invejosa. Não ia ter recursos pra movimentar aquilo tudo. Esquece.

Coitada da Lola. Era simpática. Tinha que voltar ao apartamento, perguntar aos vizinhos, checar o porteiro. Será que ele sabia alguma coisa?

Sumiu. Sentiu aquela mão no ombro e antes de se voltar, já sabia, pelo cheiro inebriante, quem era: Selma.

— Que bom!
— E aí?

— Você sumiu...
— Minha vida pra tratar...
— Ah, não faz mais não...
— Agora tô aqui...
— Puxa, isso é realmente bom...
— Novidades?
— No caso do Johnny?
— É, né?
— Muitas. Você não leu no jornal?
— Não, não tenho paciência, o que foi?
Contou as novidades. Falou de Lola. Ela não pareceu chocada. Aquilo até o incomodou. Mas, vai ver, as pessoas reagem de maneira diferente. Contou do apartamento revirado e ela ficou curiosa. Perguntou detalhes. Pelos vizinhos. Falou do porteiro. Não deu atenção. Evitou a história do porre. Se ela não sabia, não tinha por que saber. Era chato. Depois, contou de Babalu. Falou do telefonema. Da morte. Da busca. De Cristóvão. De Bibi. Aí ela pareceu interessada.
— Que Cristóvão?
— Gusmão, acho, fixei o nome. Cristóvão Gusmão.
— Aquele que tem uma rede de lojas...
— Acho que é.
— Falou com ele?
— Ainda não. Ele escorregou e não falou com o investigador que eu mandei.
— Quem?
— Você não conhece. É um amigo. O meu melhor amigo, Otaviano. Mas eu só chamo ele de Bode.
— Bode? Coisa horrível...
— É uma brincadeira mas eu acostumei. E ele não liga.
— Liga sim. Não falaram com ele?
— Não, por quê?
— Sei lá, coisa estúpida... E o tal do Bibi?
— Se cagou todo, desculpe, mas é que foi isso mesmo...
— E agora?
— O caso não foi na nossa área. Foi lá no Coqueiro e nós vamos entregar o caso pra eles. Porra, mataram a menina de porrada, sabe? Muita porrada. Quando penso me dá

uma raiva desses barões que passam de carro importado, na maior pose...
— Isso é horrível, mesmo. Escuta, que tal a gente ir hoje, mais cedo, lá pro teu apartamento? A gente está precisando, não tá?
— Tá. Eu tô mesmo morrendo de saudades de ti...
Nos braços de Selma tudo ficava bom. Esqueceu Babalu, Johnny, Lola, Bode, Cristóvão, Bibi, Dom Juan, putz, Dom Juan! Gostava do seu cheiro, do seu corpo, do seu abraço, dos seus beijos. Como era difícil achar alguém com quem o beijo encaixasse. A posição das bocas. A língua. E aquilo tudo dava certo. Não havia problemas causados pela bebida. Ela era tudo o que ele precisava. A vida podia ser perfeita. Aquilo podia ser para sempre. Não era bom? Será que não merecia aquilo?
Estavam há quase uma hora descansando, abraçados, na cama, pensando em qualquer coisa.
— Rápido, me diz em que você está pensando. Qualquer coisa.
— Penso se vai dar banho em Mosqueiro. Não era legal a gente, nu, tomando banho, juntos?
— Tomando banho? Só?
— Não, muito mais...
— Pois é... Tá na hora de ir... Tenho que ver o Cesinha.
— Cesinha, teu filho. Desculpe se sou tão mal-educado. Nem perguntei por ele.
— Cesinha leva a vida dele...
— Olha, tem uma coisa que tu precisas saber. Amanhã entro na casa da Rai Andersen com um mandado de busca e apreensão.
— É? Do quê?
— Te falei das fitas do Johnny, das fotografias... da foto dele com a afilhada, filha dela, não foi? Pois é. Ela tem que ter alguma coisa. É uma suspeita forte. Os vizinhos a viram saindo de lá bem aborrecida, de madrugada... É o caminho a tomar. Foi uma tourada arrumar o mandado. Se caísse na mão de um juiz que conhecesse ela, baubau. Demos sorte. Vai ser uma surpresa.
— A perua vai se desmilinguir toda... Vai ser um escândalo no prédio, já sabe onde é? Ali na Mundurucus.
— Sei. Você parece contente.

— Não, nem ligo. É uma perua... O Johnny devia alguns favores, acho, pra ela. Mas ele não devia gostar dela como gostava. Gente falsa. Estou contente porque estou aqui, contigo... Tchau. Ainda é cedo, mas eu tenho vontade de te chamar de meu amor...

Aquilo bastou para derretê-lo. Selma abusava dos carinhos. A voz, a pessoa, os gestos, o jeito de amar. Quando ela saiu, ficou pensativo, jogado na cama, feliz. Feliz. Dormiu. Até amanhã, amor.

16

A perua flagrada. Ele sabia que alguma coisa grave estava acontecendo. Naquela manhã, ele tomava café em seu quarto depois da caminhada matinal na Batista Campos. Enquanto andava, podia ouvir os risinhos, comentários de alguns que passavam por ele. Tinha sido assim a vida inteira, ser o marido de Rai Andersen. Era o corno da cidade. Todos pareciam saber. Mas naqueles últimos dias, havia alguma coisa no ar e dessa vez parecia realmente séria. Ela passara o fim de semana trancada no quarto, chorando, aborrecida, sem falar com ninguém. E não era apenas mais um dos seus joguinhos costumeiros.

Era difícil carregar aquele peso, mas desde o começo sabia que seria assim. As coisas nunca lhe tinham sido fáceis. Desde o Colégio Moderno foi o garoto tímido, feio, mas filho de pai rico. Percebeu logo que tinha que cuidar do seu lado. Por isso era sempre o primeiro da classe, o mais comportado. Aturava apelidos, brincadeiras com sua feiura. Cuidava de sua parte. Mas já havia Rai de Souza para lhe fazer sofrer. Justamente a rainha da sala. Era linda, dominadora, anarquista, vadia. Sentava nos últimos lugares com uma turma de rapazes que lhe fazia corte permanentemente. Ele só acompanhava à distância, olho comprido, à espera de uma chance que provavelmente nunca viria. Estava assistindo quando debutou na Assembleia Paraense, tão bonita, fotografada, cercada pelos rapazes mais bonitos da cidade. E suspirava. E adiante, tornando-se uma das mulheres mais cobiçadas.

Rai deu entrevista ao jornal *Zeppelin* que foi um escândalo, defendendo a revolução sexual. Meu Deus! Um escândalo na cidade. Rai desfilando como destaque do Bandalheira, o bloco de Carnaval, só de biquíni. E na boite da Assembleia, aos sábados. Ficava ali pelo bar, tomando sua *cuba libre*, assistindo suas evoluções. Rai dançando, passando de mão em mão. Rai dando escândalo no Porão. E ele por perto. Uma vez, fim de noite, ela sentada na mesa, parecendo saciada. Não vinha ninguém tirá-la para dançar. Criou coragem. Já havia derrubado uma garrafa de rum. Encheu o peito e foi lá. Chegou e pediu para dançar. Fez que não ouviu a primeira vez. Vai ver a voz saiu mesmo quase sumida. Repetiu. Ela o olhou muito bem e fazendo de conta que nem o conhecia, disse que estava cansada. Humilhado, desconsolado, voltou para o bar com as pernas tremendo. Não desistiu.

Naquele resto de noite, em casa, ficou admirando sua coleção de fotos de Rai, recortadas cuidadosamente do jornal. Rai na piscina da AP. Rai como cocadinha. Rai debutando. Rai no *Zeppelin*. Filho único, não fez o vestibular e passou logo a trabalhar com o pai na joalheria mais famosa de Belém. Aplicado, aprendeu logo os macetes de venda. Aprendia rápido. Já era o melhor vendedor em seis meses. Assumiu a gerência. O pai foi ficando cada vez mais em casa. Foi assumindo tudo. E o tempo passando, menos a paixão por Rai. Ao contrário dele, Rai confiava apenas na beleza e estava pronta apenas para vencer cada dia que passava. O pai separou da mãe e sumiu no mundo. Rai teve que parar de estudar no último ano do clássico do Moderno. Depois, deixou de ser sócia da AP, que passou a frequentar apenas como convidada. E não faltava quem a convidasse. Waldemar Longuinho ou Afonso Trento, o Afonsinho. Eram os bonitões da cidade. Invejados. Ele invejava Rai. Mas os dois também não pareciam se decidir a respeito de casamento e a vida de Rai começava a preocupar. Ela também parara para pensar a respeito, depois de fazer gozação com todas as amigas que casavam. Seu projeto de vida estava se quebrando. Foi quando tomou novamente coragem para entrar na área.

Um dia, estava a caminho da joalheria quando a viu andando pela Braz de Aguiar, possivelmente a caminho do comércio. Estacionou adiante, saiu do carro e quando ela ia passando, fez sinal e se apresentou, para que não houvesse o risco de ela não o reconhecer. Ou fizesse de conta. Conseguiu que entrasse no carro. Abriu o coração. Disse que era apaixonado desde a infância, no Moderno. Que a acompanhava em todos os acontecimentos. Que sabia que não era alto, forte, bonito e nem dançava muito bem. Mas que estava interessado. Queria namorar e pensava em casamento. Era um comerciante bem-sucedido e próximo de assumir de fato os negócios de seu pai. Que lhe daria uma vida de rainha, que ela merecia. Essas coisas a gente decide na hora. Vai passando pela rua, com negócios na cabeça e de repente está ali propondo até casamento à mulher de sua vida.

Ela ouviu aparentemente desinteressada, até com um certo nojo. Sabia que teria que vencer aquilo. Disse, depois de todo o discurso, que não tinha pressa. Queria que ela pensasse a respeito e lhe telefonasse dizendo alguma coisa. Rai pegou seu cartão e saiu do carro. Deu a partida e ao chegar no estacionamento na Campos Salles, parou e ficou pensando, mãos tremendo, taquicardia, olhos brilhando. Dera a tacada de sua vida. Se tivesse planejado aquilo, não daria certo. Veio o rapaz do estacionamento saber se estava se sentindo bem. Estava ótimo. Fechou os vidros do carro, olhou para os lados e deu um grito. Um grito de vitória.

Passaram-se alguns dias e nada de resposta. Até que o balconista lhe avisou que o estavam procurando. Rai. Disse que pensara a respeito. Que nunca tinha reparado nele e que honestamente, não sentia nada. Mas estava disposta a tentar. Disse, claramente, que tinha problemas financeiros e aquele casamento podia resolver tudo. Mas que ele tivesse em mente que ela nunca mentira e que se não lhe tinha amor, tudo o que prometia era tentar. Que era uma mulher cara, cheia de vontades e ele teria que lhe satisfazer os caprichos. Ignorou todas as condições. Se ela topava, ele também. Pediu licença e trouxe um colar de pérolas, lindo. Era um presente. Um sinal de alegria pela resposta positiva. Rai sorriu, satisfeita. Marcaram para sair de noite. Passaram a ser vistos. E começaram os comentários. Pura inveja, claro. Falavam mal dela. Não conseguiam acreditar em casamento. Era puro interesse. Idiotas. Não sabiam como ela era honesta. De qualquer maneira, ia fazer com que gostasse dele. Ia fazer todos os mimos, carinhos, todo o conforto, o tratamento de rainha que ela merecia. Quando a pediu em casamento, um escândalo. Recebia telefonemas anônimos dizendo que ela estava saindo com o tal do Waldemar, ou com o Afonsinho. E daí? Rai dizia que tinha que ter sua liberdade, sua vida, seus amigos e, depois, ainda nem estavam casados.

Gostava de conversar com Waldemar. Gostava de assistir às partidas de Afonsinho pela Tuna, no campeonato paraense de vôlei. Sempre fizera parte de sua torcida. Escolheram apartamento. Rai era exigente. O decorador cobrou os olhos da cara. E, mais estranho, um quarto para cada um. Ela dizia não haver coisa pior que acordar e ver o outro antes de tomar banho, se maquiar, se vestir. Também gostava de dormir até tarde e não ser perturbada. Seu humor matinal era terrível. E, depois, era moderno para a relação. Concordou. E ia discordar em alguma coisa de Rai? Mandou comprar um carro para ela. Queria ter liberdade. Pediu um chofer, devidamente uniformizado. Um escândalo em Belém. Esnobou muito. Depois desistiu. O motorista estava ficando muito "confiado", disse. Aprendeu a dirigir. Não precisava de ninguém. E tome festa. Eram tantas, em casa, que já participava como convidado, quase. Mas gostava. Gostava de vê-la feliz, reinando no apartamento, entre seus amigos. Até os amigos mais chegados como Waldemar e Afonsinho iam e ficavam em intermináveis segredos. Bobagens. Ela era dele e pronto. Foi escolhida *Hostess* do Ano. Outra recepção, fotógrafos, notícias. Rai, feliz. Não havia perigo. Afonsinho era o eterno jogador de vôlei. Não sabia como vivia. Waldemar tinha sido modelo fotográfico e passava as tardes flanando pela Braz de Aguiar, cercado de meninas. Eles não tinham o que era essencial para a vida de Rai: o luxo. O poder do dinheiro, do conforto. Ele tinha.

O que não tinha ainda era filhos. Um casamento sem filhos? Estava na hora. Não sabia se aceitaria. Rai gostava muito do corpo, maravilhoso. Tinha orgulho. Depois, levavam uma vida estranha, ela em acontecimentos sociais, ele vivendo para o trabalho. Saía logo às oito da manhã, almoçava na loja e estava de volta à noite. O mundo do comércio lhe parecia mais fácil de lidar. O resto era bobagem. Mas um filho seria perfeito e essencial para a continuação do trabalho do pai. No dia em que propôs, um escândalo. Olhou-se no espelho, xingou, reclamou, disse não. Alguém a convenceu. Não foi ele. Tinham poucas relações sexuais, sempre antecedidas de muitas negociações e presentes. Nem fazia muita questão. O sexo não ocupava lugar preferencial em sua mente. Mas de vez em quando gostava de conferir seu tesouro. Alguém a convenceu e ela parou de tomar pílula sem nenhum aviso. Um dia fez a revelação. Estava grávida. Chorou de emoção. Rai fez uma festa. A cidade inteira tinha que saber, fotografar, acompanhar o crescimento da barriga.

Logo vieram outros boatos. Tudo maldade. Preparou o espírito para ganhar um filho. Ela, para ganhar uma filha. Nasceu Bárbara. Pensou que assim o casamento se estabilizaria mais. Rai fica em casa. Não. Tão logo saiu da plástica que repôs tudo em seu lugar e sem amamentar, Rai voltou ao esquema. E ainda assim Bárbara cresceu rápido, forte, esperta, em uma fenomenal mistura do espírito festivo da mãe com a praticidade do pai. Cresceu juntamente com a amizade de Rai pelo cabeleireiro Johnny, uma bichinha inglesa que veio parar por aqui e em pouco tempo dava as cartas na sociedade. Johnny acha isso. Johnny fez aquilo. Johnny acha melhor. E lá queria saber? Pelo menos era bicha e era um boato a menos que ouvia.

De repente virou moda pegar sol na sacada do prédio. Manhãs e tardes inteiras ao sol. Rai e Johnny. Mil segredos. Ela gostava. Paciência. Saíam à noite. Não ia. Não gostava da turma. Voltava de manhã cedo. Tinha o sono leve. Do seu quarto a ouvia chegando. Mas naquele fim de semana Rai estava bem estranha. Mais do que o normal. Bárbara, também, fechada no quarto. Bateu e ela pediu para não entrar. Não quis receber a mesada. Não desceu para patinar. Ao longe, ouviu tocar na cozinha o interfone. Maria, a empregada, veio dizer que o porteiro queria falar. E o que poderia ser, àquela hora que para ele não era cedo, mas para a maioria, de madrugada. Nem todo mundo. Era a Polícia. Polícia? Deve haver algum engano. Não. Pensou rapidamente no que poderia dar errado, nos pequenos deslizes que cometia em seus negócios. Estava tudo bem. Iam subir. Tinham um mandado de busca e apreensão. Busca e apreensão? A mão começou a tremer. Tinha joias no cofre, nem tudo documentado. Seria com ele? E o que Rai diria. Aquilo seria um escândalo. O tal delegado disse que teriam que deixar subir de qualquer jeito e que procurariam não chamar a atenção do prédio. Era melhor. Concordou. E enquanto subiam correu para esconder melhor certos papéis. Decidiu nem acordar Rai. Seria pior. Estava perdido. Ligou para o advogado. Estava viajando. Não lembrava de outro. Correu para a agenda. Bateram na porta. Foi abrir, de chinelos. Era uma equipe completa. Foi um postar-se na porta de serviço. Haviam mais quatro, chefiados pelo delegado Gilberto Castro.

— Senhor Samuel, eu sou o delegado Gilberto Castro e este é o mandado de busca e apreensão. Nós estamos aqui por causa de sua esposa, Raimunda Andersen.

— Rai? Tem certeza? Não é comigo? Eu sou um homem de negócios...

— Senhor Samuel, é com ela.

— E o que pode ser?

— A partir da morte de um amigo dela, Johnny.

— Sim, era amigo dela. Ela ficou abalada.

— Ela esteve lá na madrugada em que ele morreu, ou foi assassinado.

— Assassinado?

— Exatamente.

— O senhor não quer dizer que Rai seria uma...

— Suspeita, sim, dependendo desta busca e apreensão.

— Por quê? Não entendo...

— O senhor nos permite trabalhar? Não se preocupe, não quebraremos nada...

A equipe começou a trabalhar sob o olhar espantado de Samuel e da empregada. Alguns minutos e chegaram em seu quarto, que servia também de escritório. Tomou a iniciativa e mostrou o cofre. Explicou que nem tudo estava em ordem. Que tinha uma joalheria. O delegado não pareceu preocupado, o que lhe trouxe alívio. Faltavam os quartos de Bárbara e Rai.

— Sua esposa não trouxe para casa nenhuma fita de vídeo...

— Sou eu quem faz as reservas na Fox, aqui perto. Rai não gosta muito. Tanto que o vídeo fica aqui no meu quarto. Bárbara tem outro no quarto...

— Faltam os dois quartos. Porque estão trancados?
— Não estão. Minha filha e minha esposa estão... Ahn... Dormindo..
— Sinto, mas vai ter que acordá-las.
Bárbara abriu a porta, intrigada com o barulho. Assustou-se, xingou um dos homens que estava à porta. Abraçou-se ao pai, que lhe pediu para deixar que entrassem.
— Um quarto de mulher...
— Deixe, minha filha, é necessário.
— Mas por quê?
— Depois explico, querida.
Entraram no quarto. Uma beleza de quarto. Parecia daqueles de revista de decoração. Nas paredes, pôsteres de Bárbara na Disneylândia. Bárbara ainda nenê. Os investigadores foram abrindo e procurando. Acharam, debaixo da cama, um porta--retratos quebrado. Na foto, Bárbara e Johnny. Ninguém disse nada. Também nada acharam. Bateram na porta de Rai.
— Senhor delegado, isso é um absurdo... Como se invade...
— O senhor tem razão em estar aborrecido, mas nós estamos aqui cumprindo a lei...
— Por que não fui avisado?
— Nem podia ser. É sua esposa que está aqui?
Bateram. Lá de dentro, muito depois, um grito aborrecido. Samuel decidiu bater. Identificou-se. Ela destrancou a porta. Pretendia entrar sozinho e preparar seu espírito. Gil não deixou.
— Pelo amor de Deus, senhor Samuel, desculpe...
— Que absurdo, minha esposa está na intimidade.
Rai dormia nua. Agora estava enrolada na colcha da cama. Não havia tempo para mais nada.
— Ei, que merda é essa? Samuca, tu não fazes nada?
— Dona Rai, temos um mandado de busca e apreensão.
— De quê?
— Busca e apreensão.
— Do quê?
— Eu, agora, posso dizer. Este é o último cômodo da casa. Estamos atrás de uma fita de vídeo que a senhora retirou do quarto de Johnny, seu amigo que morreu na madrugada de sábado.

— Vídeo? Que vídeo?
— Uma fita de vídeo.
— E o que tem nessa fita?
— Bem, primeiro temos que encontrá-la.
Trabalharam muito. Abriram os armários. Quanta roupa. Aquilo era muito desagradável. Por um instante, ficou na dúvida. E se não achasse nada? Também estaria perdido. Mas acharam. Estava em uma caixa de sapatos italianos na última prateleira, quase no topo do armário.
— Essa fita é velha... É do casamento... Sei lá... Há tanto tempo não pego...
— E no entanto, dona Rai, não está nem com bolor.
— Ora essa...
— Agora, senhor delegado, o senhor vai me dar licença. Isso já está indo longe demais. Invadiram minha casa, assustaram minha mulher, minha filha... O que pode haver nesta fita?
— O senhor quer mesmo assistir?
— Não, Samuca!
— Bem, agora quero ver, mesmo.
Rai precipitou-se para as mãos do delegado. Tentou em um golpe rápido surrupiar-lhe a fita, quem sabe, jogar pela janela, prédio alto, destroçaria tudo, quem sabe? Não conseguiu. O choro veio em seguida, forte, descontrolado, com a vontade de morrer.
Enquanto se encaminhava para seu quarto, com o delegado, que prudentemente pediu à equipe para ficar na porta do apartamento, Samuel pensava no que estaria ali. Alguma cena de sexo entre Rai e algum de seus amigos? Algo que definitivamente sujaria sua reputação? Rai e Johnny com sua amizade, seus segredos e agora essa morte, esse fim de semana estranho e a intuição negativa com que acordara. Botou a fita no videocassete com as mãos trêmulas. Rai viera. Calada. Postada na porta. Bárbara queria vir. Não deixaram. Maria a conteve. E naquele silêncio da manhã, quebrado somente pelo ar-condicionado ligado a todo vapor, vieram as cenas de Johnny e Bárbara. Silêncio total. Samuel olhava para a mulher.
— Eu tentei protegê-la! Eu não sabia que ele fazia isso! Era afilhada dele!
— A senhora esteve lá e depois ele morreu.

— Mas eu não fiz nada. Estive lá, sim. Ele já estava morto. Descobri a fita e trouxe pra casa!

— Os vizinhos disseram que ouviram discussão e a senhora saiu muito nervosa...

— Tá bem, ele estava assistindo à fita. Brigamos, mas foi só. Peguei a fita e voltei pra casa. Ia fazer um escândalo. Mas de manhã veio a notícia da morte. Eu não tive nada a ver com isso!

— Temos a suspeita de que alguém trocou a cocaína que ele aspirava em um pires por heroína. Deu uma *overdose* e ele morreu...

— Cocaína? Heroína? Meu Deus, Rai, o que significa isso tudo? Onde você andava metida?

— Não é nada disso, Samuel. Me defende. Eu defendi nossa filha!

— Você e seus amigos! Cocaína, heroína e minha filha nisso! Minha filha! Esse cara era um animal! Um animal! E quanto a você?

— Samuel, meu bem... Era só para...

Entra um dos investigadores e entrega uma bolsa. Dentro, bem no fundo, em um saquinho de plástico, levou um pouco ao nariz: heroína.

— O que me diz disso?

— O que é isso?

— É heroína.

— Heroína? Mas eu nunca...

— Rai, por favor!

— Eu nunca cheirei nada disso! Meu Deus! Minha mãe! Algum de vocês botou isso aí! Samuel, é uma armadilha!

— Senhor Samuel, vamos deter sua esposa. Ela tem que ir agora à delegacia prestar depoimento. São muitas evidências. Sua esposa passou de madrugada na casa de Johnny, mais ou menos na hora em que ele morreu. Há testemunhas de sua saída, abalada, dali. Temos a fita com as cenas que assistimos. E agora temos a heroína. O laudo do IML disse exatamente que Johnny morreu de *overdose* de heroína, que ele não usava e que deve ter sido levado a cheirar por engano. Alguém, de sua confiança, trocou a cocaína no pires por heroína. Chegamos na fita porque Johnny tem uma coleção com outras crianças, fazendo a mesma

coisa. E achamos fotos, também. Fotos de sua filha, que possivelmente sua esposa não encontrou. O videocassete ficou ligado e com impressões digitais. Sinto muito. Vamos para a delegacia.
— Mas eu não vou. Eu não fiz nada. Vocês não têm o direito de chegar na casa da gente...
— Rai, é melhor se vestir...
— Samuel, tu vais deixar?
— Vou. Desta vez você foi longe demais. Demais. Até minha filha? E um assassinato? É demais.
— Não fui eu!
— Senhora, por favor.
Tentou sair correndo. Não sabe para onde. Havia investigadores nas portas. O delegado resolveu ir junto com ela ao quarto. Tinha medo de algum gesto impensado. O marido estava tão chocado que não tinha reação. Não quis deixá-lo entrar. Entrou. Disse que ficaria de costas enquanto se vestisse. Uma humilhação. Vestiu *jeans* e um casaquinho.
— O senhor vai me algemar?
— Olha, se a senhora se portar bem, não. Não tenho intenção alguma de causar escândalo...
— Já causou. E quando tudo ficar esclarecido, o senhor vai ver. Não fui eu.
— Desculpe, mas agora teremos que confirmar isso.
Quando Bárbara viu a mãe saindo com os investigadores, despertou do torpor em que estava. Começou a gritar. Maria a segurava. Ela não olhou para a filha. Seria insustentável. Bárbara correu para o pai, como que pedindo uma providência. Xingou, bateu nele. Samuel aturou tudo. Quando ela cansou e ficou chorando, ele disse que precisava lhe dizer algumas coisas de sua mãe. Que precisariam superar aquilo tudo. Que ouviria comentários, vaias, risinhos, mas que iniciariam vida nova. Que teriam que esquecer muitas coisas, principalmente Johnny. Notou que a menina ficara em silêncio.
— Eu já sei o que houve. Foi por isso que a Polícia veio. Johnny gravava tudo em vídeo. Sua mãe descobriu e trouxe a fita pra cá.
— O senhor viu?
— Vi.

— Nunca mais vou poder te olhar...
— Vai sim. Foi a primeira vez?
— Foi, eu juro que foi. Umas vezes ele quis me agarrar, mas eu pensava que era brincadeira. Sexta, depois do cinema, fui na casa dele conversar. Foi aí que aconteceu.
— Ele te feriu?
— Feriu.
— Vou ligar agora pro doutor Conceição, o ginecologista. Acho que vamos precisar viajar por uns tempos, até esquecerem.
— E a mamãe?
— Nunca mais quero ouvir falar nela.
— Ela não teve culpa.
— Teve. Era amigo dela. E depois, a Polícia tem provas de que ela o matou. A cidade toda já deve estar falando de mim. Agora não vou poder ouvir mais nada. Por favor, fique aqui comigo porque o papai está muito triste, muito aborrecido, muito cansado de tudo. Ela chegou no ponto. Agora não vou aguentar mais.
— O senhor não vai chamar um advogado?
— Tentei, mas o Eliomar está viajando. Mas não vou chamar ninguém, não. Se ela for inocente, que prove. Inocente ou culpada, pra mim não adianta mais. Foi o ponto máximo. Chega. Me abrace por favor, querida.

No elevador, como uma condenada, ela tem os olhos baixos, calada, lagrimando. O trajeto nunca pareceu tão longo. Quando chegaram ao térreo, passaram por dois vizinhos que voltavam da caminhada na praça. E nas janelas, todos os outros. O carro da Polícia, na porta, chamara a atenção. E agora todos sabiam, ou imaginavam mil coisas. Tentou erguer a cabeça, como uma última provocação mas não conseguiu. Foram para a Seccional Urbana da Cremação. Enquanto esperava para prestar depoimento, os repórteres e fotógrafos chegavam e faziam seu trabalho. Deixava. Estava tão confusa, mal-acordada, tonta com aquilo tudo. Não fora ela e ia provar isso. Mas como? E essa história da heroína? Nunca tinha botado a mão naquilo, quanto mais andar na bolsa. Foi uma armadilha.

Quando Bárbara chegou em casa abalada, naquela noite, ela foi até seu quarto achando que eram bobagens da pré-adolescência. A filha decidiu contar. Não acreditou, bateu em sua boca, aborrecida. Quando viu o estrago causado, deu uma pedrada em uma foto de Johnny com a afilhada. Fechou-se no quarto e, de madrugada, resolveu ir ao apartamento de Johnny. Entrou e foi direto ao assunto. Tão direto que ele esqueceu de desligar o vídeo. Com o barulho, olhou para a tela e percebeu tudo. Discutiram, berraram, gritaram. Tirou a fita e saiu disposta a tudo. Ia pensar em casa no que fazer. Era difícil. Qualquer escândalo e sua reputação, a da filha e do marido estavam acabadas.

De manhã, aquela notícia. Não fora ela. Mas agora, como provar. Disseram que pedisse um advogado. Outro, já "íntimo", disse que ela poderia pedir um *habeas-corpus* e como não tinha antecedentes, não ficaria presa e, de repente, se internaria em uma clínica, sei lá. Ligou pra casa. Maria disse que nem Samuel nem Bárbara iriam atender. E agora? Afonsinho, Waldemar, onde estariam, tão cedo? Não lembrava nome de advogado nenhum. Eliomar! Sim, o advogado do marido. Pediu o catálogo, ligou, estava viajando. Agora as coisas estavam ficando piores. Foi chamada para o depoimento. Disse o que sabia. No final, quando pegou a bolsa para sair, ouviu o que não queria. Ficaria detida, tendo em vista as provas contra si. Como não tinha diploma de curso superior, em cela comum. Mas, por enquanto, o delegado a deixaria em uma sala normal, até que sua família providenciasse algum recurso jurídico, qualquer coisa. Mas que entrasse logo em contato.

Naquele instante percebeu que estava sozinha no mundo. Ninguém ia fazer nada por ela. A cavalaria não apareceria no último instante, como nos filmes de caubói. Calma, calma, precisava pensar. Estava presa e serviria de prato para todos os seus inimigos nessa cidade horrorosa e invejosa. Podia ouvir os comentários, as notícias em jornal, os mexericos. Quanto a Samuel, tinha lá suas razões. Mas agora precisava dele. Não tinha feito nada de errado. Será que justamente agora ele não lhe daria razão? Não a defenderia? Estava sozinha.

17

Queimando o filme. Deu entrevistas. Notou que havia alguma antipatia em relação a ele por parte dos jornalistas. Talvez por ser tão avaro em informações, ao contrário da turma da antiga, que adorava aparecer. Talvez porque não se prestava a cenas montadas que depois eram passadas em um canal de televisão. Ou pelos últimos acontecimentos, quando tratara mal a todos, no apartamento de Johnny. Ou porque a prisão de Rai era explosiva, sensacionalista e era o centro das atenções. Ou, finalmente, porque mesmo pressionado por todas as maneiras manteve a compostura em respeito à acusada. Ela era um prato delicioso, sem dúvida. Quando conseguiu livrar-se, alguém o avisou de um telefonema. Era Guilherme Conrado, o Guilito. Estava assustado. Queria um encontro. Pediu "pelo amor de Deus" para não comentar com ninguém. Marcou na Prodigy, a butique de Bob, ali na Conselheiro, pouco depois da Padre Eutíquio. Disse que ia. Tinha que passar ainda na Seccional da Cidade Nova para comunicar o caso de Babalu. Podia ir na Prodigy e voltar para encontrar Bode, que devia estar chegando. Estava atrasado ou em qualquer outra diligência.

A Prodigy tinha tido seus dias. Recebia as novidades do Rio de Janeiro. Fazia desfiles. Era o centro do movimento. Roupas masculinas. Bob era uma das figuras mais bonitas da cidade. Solteirão, namorador, tinha uma clientela à base do telefone, que corria para lá quando chegavam as encomendas. Mas os *shoppings* chegaram com suas franquias e o movimento, naturalmente, caiu. Por sorte, estava próximo ao Iguatemi e pegava alguma sobra. Tinha ainda alguns clientes antigos. E tinha a turma que vira e mexe estava por lá conversando de tardinha. Lembrava de Bob. Fizeram teatro. Teatro! Era o grupo do Amando Souza. Ele era do Nazaré e entrou por causa de uma menina. Bob era enturmado. Os ensaios eram uma grande farra. Fizeram um espetáculo na linha "Hoje é dia de *rock*". Depois, cada um pro seu lado. Uma experiência. Conhecer as pessoas, a coragem de se expor, se bem que quando se tem quinze anos sobra coragem pra qualquer coisa. Mas a leitura dos textos foi essencial em sua formação. Bebia cultura e nem sabia. Bob estava lá, atrás de sua escrivaninha. Já sabia que Guilherme ia lá.

— Já soube?
— Já. Chato, né?
— Você desconfiava?
— Não, né. Eram tão amigos. Mas me diz uma coisa: o Johnny sempre gostou de criança, eu sabia disso, mas pegar a afilhada...
— Ele gostava?
— A gente sabia, mas nunca fui nessa. Uma vez um cara que namorou com ele, o Leonel, tocou pra gente, assim, sem querer. E foi só.
— Não rola nada na turma de vocês?
— Que é isso. Aqui é só farra, alegria. Ora Gil, sem frescura, de vez em quando rola um pó, um cigarrinho e tal... Mas nada de diferente.
— Isso não me interessa. O problema é que há mais coisa além da prisão da Rai. E a morte de Lola? Revistaram e quebraram o carro, o apartamento do Johnny, soube, não?
— Li no jornal. Não sei de nada. Como te disse, aqui só vêm os amigos pra bater papo, rir, contar piadas, enfim... Bater papo.
— E o Guilherme?
— Guilito? Porra, ele tá se cagando nas calças por causa do pai dele... Tu sabes que se ele aparecer na jogada, como amigo do Johnny e mais ainda, na casa dele vai ser uma bomba.
— Por quê?
— Tu sabes, Gil. Tu sabes que rola um papo aí que o Guilito e o Johnny...
— Mas ele é casado...
— E daí? A mulher dele é um saco!

— Ele e o Johnny...
— Às vezes rolava lá em Salinas, sabe, na casa do Nandão. Era uma coisa mais de carinho...
— A que horas a turma toda vai estar aqui?
— Mais tarde. O Guilito deve... Olha ele aí.
Entrou nervoso. Não esperou para se apresentar. Foi direto ao assunto.
— Delegado Gilberto, o senhor tem de me preservar nessa confusão. Eu não tive nada a ver com aquilo. Ia apenas buscar o Johnny pra gente ir pra Salinas naquele sábado. Só isso! Pelo amor de Deus, isso pode acabar minha vida. Eu vou ser chamado?
— Olha, é possível que sim. O que eu posso tentar é fazer tudo isso sem estardalhaço. Também não gosto de barulho. Mas você sabe que essa história está rendendo.
— A minha mulher vai me matar. O meu pai vai me esquartejar.
— Mas se você não teve nada...
— Ela nunca aceitou essa amizade. É uma pessoa difícil, meio arredia. E o meu pai? O meu pai me mata, é uma pessoa muito conservadora, que em tudo pensa na empresa e no mal que isso pode causar à imagem dos negócios. Tô frito! Frito! Não posso ir depor. Não tem jeito de depor então fora da delegacia, sei lá, por carta precatória...
— Acho difícil. O inquérito vai andar e você estava na casa no momento em que fomos chamados. Vai lá, diz a verdade e vai ser liberado. Acho que não vai haver problema.
— Vai ter problema pra mim, sim. Escuta, não se ofenda, eu sei que as coisas têm um preço... E se de repente a gente acertasse alguma coisa por fora pra eu ser liberado...
— Olha, nem continua. Assim não vai dar. Sinto muito. Não vai dar. Era só isso? Olha, me diz uma coisa. Tu também, Bob. O Johnny andava estranho naqueles dias? Tinha alguma ameaça no ar?
— Não. Tu achavas, Guilito?
— Eu acho. Depois que o Léo sumiu, eu pensei até que ele fosse melhorar porque aquele cara era péssimo pra ele. Mas ficou tristonho, mal humorado... Eu sentia. Tu, não?

— Não. A gente ria juntos, mas sei lá, talvez não tenha dado atenção.
— Não era problema financeiro?
— Disso nunca se queixou. Mas realmente, quando o Léo sumiu, ele andou meio caladão. Uma vez deu uma esculhambação na Selminha!
— Na Selma?
— Coisa boba, sei lá.
— Vocês têm o telefone da Selma?
— Acho que tem aqui na agenda. Espera lá.
— Quanto a depor, francamente, não tem jeito. Vou fazer o possível para a imprensa não saber, mas é difícil. Tem uns caras lá que adoram aparecer, sabe? Bob, essas tuas roupas continuam caras, hein?
— Que nada. Tu é que és pé-de-chinelo...
— Sou policial...
— E as pontas que rolam, hein? O chamado "chem"...
— Não pra mim. Com certeza. Vou andando.

Saiu andando até onde era o Chico's Bar. Mudou de nome. Sei lá qual. Pediu para telefonar. Ligou. Atendeu uma voz infantil. Perguntou se era Cesinha. Não. Era uma vizinha. Chamou Cesinha. Perguntou a ele pela mãe, Selma. Estava dormindo. Era pra chamar? Não. Pode deixar. Tchau. Voltou à Seccional. Bode, nada. Pegou o táxi para a Seccional da Cidade Nova. Táxi ruim, caindo aos pedaços, rádio alto, ruas esburacadas. Calor. Chegou. Conhecia alguns. Procurou o diretor. Da antiga. Antonio José Soares. Paciência. Se apresentou. Contou o caso.

— Por que não chamou logo por nós?
— Olha, a coisa despencou no meu colo e eu nem estava querendo. Tenho estado ocupado.
— Eu sei. Tu que prendeste essa perua, né?
— Foi. Mas sobre esse caso da Babalu...
— Vocês deviam ter avisado a gente. Foram muito longe. Porra, isso é até um desrespeito.
— Desrespeito não. Já te disse, agora estou vindo te entregar tudo mastigado...
— Tu sabes quem é esse Cristóvão Gusmão? Sabes?
— Pra mim ele matou Babalu.

— Isso é o de menos.
— De menos?
— É isso mesmo. Esse cara é o picão das drogas aqui em Belém, tá sabendo? Não vem me dizer que tu não sabes.
— Não. Já tinha ouvido falar mas...
— Então o buraco é mais embaixo. Tu é da nova geração, né? Então é por isso que muita coisa te escapa.
— Olha aqui, mesmo assim, a gente tem um crime pra resolver. A gente, não. Tô te entregando a coisa.
— Eu vou ver o teu relatório e vou mandar investigar.
— Investigar como? Esse meu relato é uma investigação. Vai é perder tempo.
— Olha aqui, delegado Gil, eu não sei como são as coisas lá na tua Seccional, mas aqui tem um chefe, sabe? Um diretor. Aqui as coisas são sérias...
— Tá me chamando do quê?
— Nada, nada, esfria.
— Então não tem nada que investigar. Tem que agir!
— Porra, tu é foda cara. Já tomei conhecimento, pronto, porra. Agora eu é que vou decidir investigar o assunto ou não, tá? Vais querer jogar merda no ventilador? Logo tu que andas com uma fama da porra na imprensa? Eu, se fosse tu, ficava bem quietinho, na tua, porque a prisão da perua foi uma boa e pronto. Não te mete a merda que não vai dar pé. Tu vais te dar mal. Vocês ainda não sabem nada. Pensam que é igual a história em quadrinho, filme de Shao Lin?
— Eu conhecia essa menina e ela não merecia morrer assim.
— Ninguém merece morrer. Deixa que o assunto é meu.
— Olha aqui, seu diretor. Eu vou cobrar essa porra. Vou mesmo. Pode ficar puto, o caralho! Eu vou cobrar. Se vocês não derem pra frente eu vou me meter.
— Tá ameaçando? Te mete a merda, te mete. E agora sai que eu não quero mais falar contigo. Vamos, sai!
— Eu vou cobrar, tá sabendo? Vou cobrar.
— Vai te foder.

Saiu com tanta raiva que lagrimava, o estômago queimando, dando chutes no vento. Voltou pra Seccional da Cremação. Pensava se devia contar pro seu diretor. Ainda não. Conversaria

com Bode. Onde estava esse sacana que o deixava na mão nessas horas? Ele era da antiga e possivelmente conhecia aquele filho da puta da Cidade Nova. Cara mais filho da puta! Será que ele tinha era medo do tal Cristóvão? Tinha propina na jogada? Era o que faltava. Aquilo não podia ficar assim. Conversaria com Bode. Podia ir ao diretor. Estava de alto astral com a prisão da perua. Chegou e nada do Bode. Tocou o telefone. Era a Áurea.
— Gil, o Otaviano está contigo?
— Não, eu também tô atrás dele.
— Ele não está contigo? Não aparece em casa desde ontem à noite?
— Desde ontem? Mas como? Ele me deixou no hotel e foi pra casa... Isso umas nove da noite, sei lá.
— Ainda não apareceu. Já estou ficando nervosa, agora. Pensei que estivesse contigo dessas diligências secretas...
— Não. Ele comentou alguma coisa contigo?
— Contou essa história da tua amiga que morreu. Tu não mandaste ele em algum lugar?
— Não, com certeza, não. Íamos hoje e eu estou esperando. Já fui fazer o que tínhamos de ir, juntos, e foi uma droga porque ele não estava. Ele conhecia o cara...
— E agora?
— Ele é macaco velho, sei lá. Não te preocupa. Eu vou fazer procuração e te ligo. Já já ele aparece.
— Gil, eu estou com medo.
— Que é isso Áurea, parece até que nunca foi casada com policial...
— Ele sempre me avisou. Bem, fico esperando, Gil. Qualquer coisa me diz. Qualquer coisa, entendes?
— Entendo, mas fica fria, não aconteceu nada. Já já ele risca por aqui...

Agora estava preocupado. Será que o Bode tinha outra parada que não tinha contado pra ele? Ou outra mulher e tal? Não. Ele contaria. Eram amigos. Unha e carne. Um sabia do outro pra livrar das broncas. Não teve tempo para pensar mais. Tinha uma visita.
— Delegado Mário. Polícia Federal.
— Gilberto Castro.

— Estive com o diretor, antes. Ele não sabia de nada.
— Do quê?
— Essa moça que morreu.
— Babalu? Como soube?
— O diretor lá da Cidade Nova ligou pra gente.
— Mas já?
— Ele tá com medo de dar em merda.
— O quê?
— Olhe doutor Gil, ele me disse que o senhor está nervoso com isso. A menina parece que era sua amiga, não é?
— Não é só isso. Eu fui lá levar a coisa mastigada e... Espera aí, você foi falar com o meu diretor? Mas eu ainda não disse nada pra ele.
— Não sabia. Pensei que aqui tivesse mais disciplina.
— Ele não tem culpa. O caso apareceu no fim de semana e eu e um amigo estávamos...
— Vai ter que parar.
— Parar?
— É. Parar. O buraco é mais embaixo.
— Porra, tem um assassino frio...
— E também a grande figura do tráfico em Belém e arredores.
— E daí?
— Daí que estamos perto de pegar o cara, sabes? Coisa pesada, Polícia Federal, o caralho... Aí tu chegas com essa história de Babalu e podes estragar tudo, sabes?
— Estragar como?
— Olha, a gente está trabalhando há meses nisso, reunindo provas e tal. Não leva isso pra outro lado porque tu vais atrapalhar a gente...
— Agora é que foi. E aí, o assassinato fica impune?
— Não. Mas primeiro deixa a gente pegar ele. Depois tu entras com essa tua história.
— E se eu me recusar?
— Vai pegar pra ti. Tás entendendo? Vai pegar pra ti. O teu chefe vai te chamar daqui a pouco.
— Então, vai ser foda. Deixa ele chamar. Talvez ele me convença.
— Bom delegado, está avisado. É bom parar porque se não a gente vai te parar. O senhor não vai estragar o nosso trabalho.

Tinha a nítida impressão de que estavam freando a coisa. O que esse tal de Cristóvão tinha de tão bom? Era um assassino e isso era bem pior do que distribuir drogas. Um filho da puta que matou de porrada uma menina linda. Saiu fazendo procuração de Bode. Ninguém sabia. Aquilo já estava ficando estranho. Estranho pacas. Nenhum aviso. Nada suspeito. Lembrou da noite anterior. Ele o deixou e estava preocupado com que não saísse mais. Muito preocupado. Será que havia alguma coisa que ele não contara? Queria que ele ficasse, com certeza, dormindo? E quanto a Rai? Fora autuada em flagrante. Estava presa. O mais engraçado é que nem o marido, nem os amigos, nem um advogado sequer aparecera. Coisas do mundo. Todo dia aprendendo.

18

Cheiro de maresia. Foi a primeira coisa que identificou ao despertar com uma terrível dor de cabeça. Não podia se mexer. Estava amarrado. Tão forte que rasgava a carne nos pulsos. Estava dentro de um veículo. Sim, um caminhão, agora lembrava. Por uma abertura no teto podia ver a noite bonita, estrelada, como não se podia ver na cidade. E aquele cheiro de maresia que lhe lembrava as praias do Recife. Haviam outras pessoas. Alguém que gemia, choramingava. Outro em completo silêncio. Na escuridão, não conseguia ver direito os traços. Quis dizer alguma coisa. Levou um golpe à altura dos rins que o fez gritar de dor. Não devia dizer nada. E o que estava fazendo ali? Alguém teria que dar alguma explicação. Fosse o que fosse, sabia que tinha a ver com Sabrina. Foi tudo tão rápido, tão intenso que deixaram de lado as precauções. Os repórteres esportivos vivem atrás de fofocas. Estão mais interessados se está faltando sal na comida da cozinheira do que nas estratégias de jogo. Naquela terça-feira estava no jornal o namoro com Sabrina, identificada como "a loura do Galant branco". Pura inveja. O marido dela está por trás disso. Agora estava naquele caminhão, sem saber para onde, amarrado, batido e sem poder dizer nada. Uma aflição que lhe deixava arrepiado. Como nos filmes. Mas agora, de verdade, com ele.

O treino tinha sido bom naquela terça-feira. Estava de alto astral, relaxado pelo amor que vinha fazendo com Sabrina. E ao terminar, depois de dar umas duas entrevistas rebatendo com habilidade as ironias dos repórteres, saiu pela Antonio Baena e logo viu o Galant de Sabrina. Ela estava esperando com o motor ligado, ar-condicionado. De charme, deu um beijo no vidro, como se fosse em seu rosto. E ao dar a volta para abrir a porta do carona, foi seguro por trás, brutalmente. Tentou reagir, sobretudo na frente da namorada. Recebeu fortes pancadas na cabeça. No carro, Sabrina demorou instantes a perceber aquilo. Saiu e por algum motivo, estupefata, ficou em silêncio, assistindo. Seria uma armadilha? Ela sabia que aquilo ia acontecer? Conhecia alguém? Será que algum de seus algozes era o marido traído? Não houve tempo para mais nada.

Foi jogado dentro do caminhão e só agora voltava a pensar nos acontecimentos. Uma estrada de terra. Os buracos faziam doer ainda mais a cabeça. Pararam. Um medo imenso foi tomando conta. Entraram em uma garagem. Abriram a porta, com um estrondo que ecoou. Podia ser um galpão. Foram jogados no chão aos chutes. Bateu a cabeça. Pode ter quebrado o nariz. O outro fazia escândalo. Como se fosse um veado. Olhou para o que abriu a porta. Tinha uma escopeta na mão. Um cara forte, brancão, roupas boas. Seria o marido? O que estava dentro do caminhão não saiu. Manobraram e tiraram o caminhão do galpão. O cara voltou. Um silêncio da porra. Outro barulho e entrou mais um cara. Baixinho, entroncado, tipo do nortista mesmo. Forte, bem forte. O cara deve fazer ferro. Braço grosso. Ele veio lentamente nos encarando. Medo imenso.

— Dr. Cristóvão, o senhor pelo amor de Deus não me faça nada. Eu nunca traí o senhor. O senhor pelo amor de Deus não me bata, não me faça nada. Eu lhe suplico, pelo amor de Deus, pelo amor de Deus!

O cara baixinho se aproximou e deu um murro seco, direto, desses que machucam mesmo. E o veado se calou.

— Velho, te trouxe uns bombonzinhos...

— Desta vez está bem sortido, hem? Bombons crescidos, nada daqueles bacuraus que o Léo e o Johnny mandavam.

— Olha, quero que cuides desses aqui especialmente...

— Qual?

— Esse aqui, crioulo forte...

— Meu senhor, eu sou um profissional de futebol. Não estou entendendo...

Cristóvão aplicou-lhe um chute no baixo ventre que o curvou em espasmos para respirar.

— É esse aqui mesmo. Tratamento especial.
— É? Deixa comigo.
— Cristóvão, e o disquete, cara? Isso tá me preocupando.
— Tô rastreando. Não tá com ninguém. Mas eu acho. Mas também não tem ninguém jogando sujo.
— A Selma tá na parada?
— Ela tá regulando o delegado que investiga o caso. Me disse que ele tá mansinho com ela. Não encontrou nada.
— Mas aí tem. Não confio em mulher. Esse disquete tem que aparecer. Vai atrapalhar nosso negócio. Os gringos já tão chiando...
— Mauro, fica frio. Eu resolvo a parada. É questão de horas. Já contactei o nosso peixe lá na PF. Tá tudo sob controle.
— Tu dizes. Mas eu só descanso quando aparecer o disquete.
— Vou andando. Não te esquece, tratamento especial pra esse filho da puta aí.
— Deixa comigo.

Ouviram o caminhão ir embora. Agora só havia o silêncio e aquele barulho de mar ao fundo. Pelo tempo que haviam viajado, era região do Salgado. Mas onde? Na costa. Tinha tanto lugar. Manteve-se em silêncio porque nessas horas é prova de coragem. Tinha que estar atento a tudo. Medir, pesar, analisar as possibilidades. Havia sido treinado a vida inteira para enfrentar o perigo. Mas agora, ali, amarrado, à mercê de qualquer coisa que fosse acontecer, estava com medo. Muito medo. Já conhecia o negão. Tinha sido difícil porque estava vestido normalmente e não com a camisa nove do Leão Azul. Era o Tinho. E o que diabos fazia ali? O outro era o Bibi. A bicha que se cagara toda ao ser interrogada. Deviam estar esperando na esquina. Deviam tê-los seguido. E o Gil? Será que sabia alguma coisa. Será que tinha seguido o caminhão. Será que havia alguma possibilidade de ser salvo? Como estaria Áurea, esperando por ele? Então aquele era o Cristóvão, pessoalmente no volante do caminhão. Tudo aquilo por causa da Babalu? Maldita hora em que o Gil lhe pediu o favor.

Um a um foram arrastados por Mauro para o interior do galpão. Chão gelado. E imundo.
— E tu, ô coroa, não dizes nada?

— Sou policial. Qualquer coisa que me acontecer, vai pegar.
— Pega porra nenhuma. Tu sabes onde estás? Viram quando te trouxeram? Então te manca, ô cara. Tu estás é fodido.
— Deixa ver por onde vamos começar.

Pôs Bibi de pé e ele ficou ali, encostado na parede gelada, os olhos arregalados, imóvel. Depois começou a balbuciar palavras de perdão, ignoradas por Mauro. Ficamos assistindo. Mauro foi até uma espécie de contêiner, coberto por lona preta. Quando tirou, havia duas jaulas. Em uma, dois cachorros imensos, não sei a raça, de focinheira. Abanavam o rabo para o dono. Tirou as focinheiras. Bibi foi ficando branco. Mauro se aproximou dele e começou a surrá-lo sem piedade. Eram murros potentes, para demolir qualquer um. Quando a cara dele estava cheia de sangue e a gritaria tomava conta do lugar de pé-direito alto, ele o arrastou para a jaula. Os cães estavam excitados, exibindo os dentes. Meu Deus, isso não pode acontecer. Medo imenso. Fazia força tentando romper as cordas. Em vão. Quanto mais tentava, mais feria, mais penetrava na pele, tocando os ossos do pulso. Bibi agora endurecia o corpo, enquanto Mauro o arrastava para a jaula. Eram gritos terríveis. O cara bem que podia dar mais uns murros pra ele desmaiar. Por piedade. Mas não. Ele o carregou nos ombros e jogou dentro da jaula. Os cachorros caíram sobre ele sem dó nem piedade, mordendo, arrancando nariz, orelhas e a seguir, direto no estômago. Bibi não parava de se debater. Mauro incentivava os cachorros. Aquilo durou longos minutos em que ficamos estáticos, mudos, aterrorizados. Agora os cachorros não latiam. Disputavam os pedaços de carne. Que cena horrível.

Voltou-se para nós e fiquei todo arrepiado. Ele era nosso carrasco e agora escolhia, brincando de "unidunitê", quem morreria primeiro. Confesso que lagrimei. O Tinho chorava. Aquele homenzarrão desabou pedindo perdão. Dizia que seu único crime era ter saído com a mulher do Cristóvão. Agora entendia a recomendação dos cuidados especiais. Dissera que era um humilde jogador de futebol. Que a culpa era da mulher. Que ele nem queria. Pedia perdão, oferecia dinheiro, qualquer coisa. Mauro se deliciava. Deus, o escolhido foi Tinho. Lentamente, com prazer, Mauro pegou um alicate grande, desses industriais.

Tinho se debatia com o corpo. Lutava, gritava desesperadamente. Tentei me arrastar, sei lá, fazer qualquer coisa. Levei um chute na cara. Parei. Ele estava montado sobre Tinho. Fixou o alicate em uma das bordas nasais e puxou violentamente. O nariz descolou e o sangue esguichava com os gritos. Riu e jogou o pedaço de carne para os cães que voltaram a latir. Abaixou suas calças. Tinho não usava cuecas. Azar o dele. Continuava se debatendo, gritando. O alicate arrancou seus culhões. Horrível. Também jogou para os cães. Agora era na glande de Tinho que o alicate apertava, destrinchava, cortava. O cara gritava pacas, mas, quando arrancou, calou-se. Acho que desmaiou. Havia um sorriso sádico no rosto de Mauro. Parecia tomado pelos acontecimentos. Mauro levantou e foi descobrir outra jaula. Havia um homem ali dentro, preso, nu, sujo, um bicho preso naquela jaula. Quando se viu descoberto, gritava selvagemente, pedindo a Mauro alguma coisa. Ele sabia o que era. Carregou Tinho com dificuldade. O negão era pesado. Jogou dentro da jaula com o homem. Os cães gritavam decepcionados. O cara ria de alegria. Caiu sobre a jugular de Tinho com avidez. Tinha uma força imensa nas mãos que mergulharam em seu estômago tirando órgãos que ele ou jogava de lado ou mastigava, deixando o sangue escorrer abundantemente. Era uma cena terrível e eu era o próximo.

— Escuta, eu sou um policial, vê se me mata logo com um tiro pra eu não passar por isso. Por favor, eu lhe peço.

— Favor por quê? Tu é um merda, cara! Um merda! Gostaste do que viste? Gostaste? Te deixei pro fim de propósito. Não gosto de gente como tu. Não gosto nada. Tenho ódio de polícia!

Ele me deu um murrão que deve ter quebrado todos os meus dentes. Outro que pegou entre o nariz, quebrado, e o olho direito. Eu ainda aguentava e pedia pra ele me dar um tiro. Depois parei porque percebi que ele ficava com mais raiva. Decidi aguentar calado pra ver se ele já estava saciado com o que acontecera com os outros dois. Arrastou-me para a jaula do homem-selvagem. Baixou as minhas calças. Abriu a minha bunda e o cara veio e me meteu. Aquilo entrou queimando, me humilhando, me ofendendo. Comecei a gritar. Não era de medo. Era de raiva. Não dizia nada. Gritava de ódio por estar ali e terminar minha vida assim. O monstro se satisfez. Pude senti-lo saindo e aquela coisa escorrendo pelas pernas. Fui me dobrando e rolei para o chão. O cara gritava, os cães latiam. Mauro pegou sua escopeta, chegou perto de mim e disse que ia me dar um tiro, como eu pedira. Depois ia fazer "unidunitê" pra me jogar em uma das jaulas. Quase agradeci. Mas vocês sabem o que é uma escopeta voltada diretamente pra sua cara? Pedi para rezar. Ele me deu uma contagem de um a cinco. Pensei em Áurea, pensei em Gil. Lembrei da minha mãe. Pensei em Deus. E a última coisa que vi foi o fogo da ponta da escopeta, disparando. Depois, o que é a morte?

Mauro jogou o corpo do policial na jaula dos cães que estavam impacientes. Ficou ali, sentado, olhando-os devorarem o corpo. Tinham sido três bombons, realmente. Esse Cristóvão... Masturbou-se e quando veio o gozo, chegou a vez dele dar seu grito de vitória. Foi até fora do galpão e sentiu o ar fresco e salgado da noite bater em sua face. Caminhou um pouco em direção a um poço, coberto, fechado com placas avisando para ninguém entrar ali. Deixou aberta a porta. Voltou e, ameaçando o homem-animal com a escopeta, manteve-o no fundo da jaula até abrir a porta e puxar de volta o corpo do jogador de futebol. Jogou sobre um pano grosso e saiu arrastando até o poço, onde o jogou. Voltou e com palavras ameaçadoras manteve os cães à distância. Recolheu os corpos de Bibi e Bode e jogou também no poço.

Voltou para limpar cuidadosamente o galpão onde haviam algumas trilhas de sangue. Passou a mão sobre a cabeça do homem-selvagem e cobriu a jaula. Acalmou os cães com palavras doces e cobriu a jaula. Naquela noite, muito excitados, eles não iam sair para a vigilância. Estavam também com a barriga cheia e não ia dar certo. Vão descansar. Precisamos todos descansar. A noite fora uma delícia.

19

Perseguição. Aquilo estava ficando cada vez mais estranho. A ausência de Bode. Falou com os outros delegados, investigadores, nada. Não sabiam dele. Alguns brincavam que ele devia estar em algum motel com uma garota. Pareciam não dar importância alguma. Bode apareceria. Tocou o telefone. Era Selma. Marcaram para se encontrar no Au Bar para aproveitar o fresquinho da noite. Hesitou. Estava muito preocupado com Bode. Como podia ir assim, namorar? Mas concordou. Selma era convincente. Um oásis em sua vida. Antes decidiu voltar ao Jurunas, na sede do Imperial, fazendo um retorno aos últimos instantes em que estivera com o amigo. Nada. O porteiro não tinha notado nada. Mas avisou que o tal do Bibi também não tinha aparecido e que as mães das debutantes estavam esperando por ele. Bateu na casa ao lado. Abriu uma senhora de meia-idade, vestindo uma bata, dessas com as quais se passa o dia em casa. Dessas mulheres que espiam tudo o que acontece pela fresta da janela. Morando ali, ao lado do clube, investigava tudo. Ela lembrou da confusão. Mas disse que tinha ido apenas ao escutar o barulho. Que não ouvira nada, pois não se metia na vida dos outros. Pois sim. Não tinha notado nada diferente. Viu quando pegaram o táxi e seguiram. Depois, não viu mais nada. Estava começando *Comédia da vida privada*, na Globo. Não perdia. Ah.

Foi ao hotel. Perguntou aos amigos porteiros. Nada. Bode o havia deixado em um táxi e seguido. Só. Subiu para tomar um banho, pensar. Tocou o telefone. Era Bené, o radialista.

— Gil, tô fora.
— Fora do quê?

— Aquela história da menina que morreu lá no PSM, lembra?
— Claro, eu fui lá.
— Eu tinha pedido pra não me deixar fora da jogada, não foi?
— Foi, mas é que...
— Gil, tô fora. A barra é pesada.
— Mas tu não sabes de nada.
— Já sei. O pessoal na Cidade Nova comentou comigo. Tu estás te metendo em barra pesada. É podre.
— Isso eu sei, mas... Vou deixar assim... O merda lá da Cidade Nova, o diretor, porra, o cara é um bosta. Tá por fora. Houve um assassinato e ele...
— Já sei que tu foste lá. Achei um prato cheio. Mas porra, esse tal de Cristóvão, Gil, não te mete. Tu sabes, eu vim aqui na rádio e fui falar com o chefe de reportagem. Ele também me disse pra ficar na minha. Noticiar se pintar alguma coisa mas não ir atrás.
— Foi? Olha, o Bode sumiu. Sabe o Bode, aquele meu amigo investigador?
— Sei, o Bode. Sumiu? Ele tava na parada.
— Tava me ajudando. Estive com ele até ontem à noite. Sumiu hoje, ninguém sabe, a mulher me ligou preocupada. Não ouviste nada?
— Não. Porra, Gil, cuidado.
— Mas agora tem o Bode. Será que ele está nessa?
— Eu tô fora.
— Eu não estou.
— Tu é que sabes.
— Tchau.

Parecia haver um movimento geral para garantir a segurança desse tal Cristóvão, unindo a Polícia Civil, Federal, os caralho. Mas não podia parar. Parava e ficava como? Esquecia que Babalu tinha sido assassinada? E agora, o Bode? Havia muita pressão. Estava com dor de cabeça. Sentia o mal-olhado de todos. Mas não podia parar. Essa é uma profissão filha da puta. Você passa um bom tempo cuidando de uns casinhos bobos, coisa simples e, de repente, cruza com uma história dessas. Depois, são as obrigações da noite. As putas, não que esse fosse o caso de Babalu. Mas havia saído com ela. Os garçons, os "olhadores de carro", as figuras da noite. É preciso ser amigo delas. Ajudar na hora certa. Nunca se sabe. As figuras da noite são estranhas, arredias ao contato sincero. Mas quando ele existe, existe com fidelidade. Nesse caso, e no caso de Johnny, sentia que havia alguma coisa grande por trás, que todos queriam proteger. E havia, claramente, a ameaça de morte. De verdade. Assustadoramente. Medo como qualquer pessoa normal tem.

Ligou de novo para Áurea perguntando por Bode. Nada. Ligou para o IML. Nada. Dava pra ficar nervoso.

Chegou ao Au Bar e sentou lá fora, nas mesinhas. Ia pouco ali, não sabe por quê. Conhecia de vista os garçons. Aos poucos, o bar foi enchendo. Fez um acordo pro garçom ir levando embora as garrafas de cerveja para evitar amontoar sobre a mesa, causando má impressão. Alguém pôs as mãos em seus olhos, agarrando por trás. O perfume. Selma.

— Você está linda!
— Deixa pra lá. E tu, como vais?
— Preocupado, sabe? Precisava relaxar. Foi bom ter me ligado. Têm sido dias pesados. Já soube da confusão com a Rai?
— Soube. Aquela perua nunca me enganou. Heroína...
— Na bolsa. Ela matou Johnny. Deve ter aproveitado um descuido dele, trocou a cocaína por heroína...
— Deve ter sido uma senhora aspirada...
— *Overdose*, direto... E o Bode que não aparece.
— Aquele teu amigo? Deixa ele, tu ficas querendo organizar a vida de todo mundo. O cara deve estar numa boa, curtindo...
— Não, Selma, é sério.
— O que foi?
— Estávamos investigando. Olha, no dia em que estivemos juntos pela primeira vez, lá no meu quarto... Alguém me ligou. Uma guria que eu conheci foi assassinada em um motel. Sabe como é. Um grupo de barões aluga as meninas, faz uma suruba e tal. Mas alguém matou a menina a porrada, sabe? A porrada... Pois é, nós dois estávamos investigando... assim, por nossa conta. A menina foi minha amiga...
— Só amiga ou namoradinha?
— Era especial. Saí com ela e fiquei de voltar... Acho que dava pra namorar, sabe... Mas não voltei. Ela me chamou. Porra, e

desde ontem, o Bode me deixou lá no hotel e sumiu. Ele tava preocupado comigo, quase me obrigando a ficar em casa.

— Não foi em casa que eu te encontrei...

— É, eu precisava relaxar... E aí, a gente se viu.

— Encontraram alguma coisa?

— Tudo vai na direção de um tal de Cristóvão Gusmão. Foi ele com certeza. Mas quer saber de uma coisa? Olha, vou te dizer, pela nossa intimidade. O cara tem costas quentes. Fui dar parte lá na Seccional da Cidade Nova, porque o crime ocorreu ali no Coqueiro, que é jurisdição deles. O diretor me recebeu mal. Me esnobou. Depois, um cara da Federal me procura e pede pra sair fora. Tem um lance de droga.

— É, já ouvi falar desse cara.

— Ouviu? E aí?

— Só isso, que o cara mexe com droga. Mas se fala muito nessa cidade, tu sabes...

— Pois é. E o Bode sumido. Com essas confusões todas, eu estou preocupado. Muito.

— Mas agora tu vais relaxar, tá? A gente vai fazer amor mais tarde e nem vai se lembrar disso. Deixa pra amanhã. Não carrega o mundo nas costas...

— Ah, Selma, só contigo...

— Tu vais esquecer.

— Só não vem me dizer também pra cair fora. Isso eu não posso.

— Por mim tu caías fora disso tudo. É perigoso, cara.

— Mas agora não dá. Perigoso eu sei que é. Medo eu também sinto, mas não dá pra sair. Espera um instante que eu vou lá no banheiro.

Estava pesado de cerveja, mas estava feliz. Selma era linda e gostava dele. Conseguiria suportar as pressões. Fariam amor e no dia seguinte Bode reapareceria, com certeza. Quem sabe ele não queria que ficasse em casa pra não encontrá-lo, mais tarde agarrado com alguma gatinha? Bode era cheio de malandragens por trás daquela cara séria. E uma escapadinha, de vez em quando, até que fazia bem. Quando voltou já havia outra garrafa na mesa e o copo cheio. Gostava de cerveja. Como gostava. E mais outra garrafa. Talvez fosse o acúmulo de pressão, o bem-estar com Selma e a ansiedade por estar com ela, a sós, fazendo amor. Estava tonto, cada vez mais. E excitado. Alterou a voz. Surpreendia-se mexendo com os garçons. Trouxe Selma para bem junto e bolinava seus seios sem pudor, embora ela desse tapinhas carinhosos em suas mãos demonstrando encabulamento. Havia alguns marinheiros franceses sentados adiante, em grupo. Desses navios que, vira e mexe, audaciosamente conseguem chegar ao porto de Belém, e saem para curtir a folga. Eles mexiam com Selma, que não dava bola. Riam e gritavam alto quando ele mexia em seus seios. Devolvia as brincadeiras. Ai de quem o provocasse de verdade. Era um policial e os garçons sabiam. E tinha lá que se importar com marinheiros? Estava com Selma e isso era o que importava.

Selma gritou "Marina!", e antes que desse conta do que estava acontecendo estavam no chão. Uma mulher gordinha tinha dado um murro em Selma. Rolavam no chão cheio de garrafas e copos quebrados. Selma levava a pior. Era xingada de todos os palavrões. Se entendia bem, era um sapatão revoltado com Selma. Uma ex-namorada? Ex? Selma era disso? Mas ali não era hora de considerações. A gordinha, pesada, estava por cima. O jeito foi dar-lhe um chute nos rins. Ela gemeu pesadamente e rolou de lado. Selma saiu e já tentou protegê-lo colocando-se entre os dois, disparando desculpas esfarrapadas. A gordinha voltou a atacar com um gargalo de garrafa. Os garçons tentavam segurá-la. O jeito foi dar um murro. Será que era o jeito mesmo? Estava muito doido para pensar. Doido demais. Como nunca. E já sentiu murros, pontapés sobre seu corpo. Os marinheiros tomaram o partido da gordinha. Briga feia. Durou alguns minutos. Breves paradas para explicações e lá vinha a briga de novo. Estacionou a PM e desceram os guardas. Mais porrada. Mas estava difícil resistir. Muito pesado, muito bêbado, muito doido. Em vão passou a gritar que era policial. Tomaram-lhe a arma, que nem chegou a tirar do bolso da calça. Procurou a carteira, mas saía tudo, menos a carteirinha de identificação. Foi metido aos safanões no camburão, com os franceses. Selma escapou com a gordinha, sabe lá como ou para onde.

Naquele cubículo, com aqueles franceses fedorentos e aborrecidos, vomitou. Levou mais safanões. Aquilo estava ficando insuportável. Foram levados ao QG da PM, na Almirante Barroso. Na descida, identificou-se ao oficial de plantão, que nem quis saber. Pediu ao menos para telefonar. Ligou. Em instantes chegaram os amigos da Seccional da Cremação para soltá-lo. Confusão. Dessas entre Polícia Civil e Polícia Militar. Eternos conflitos. E a noite correndo. Acordaram o comandante. Acordaram o secretário de Segurança. Foi chamado em uma sala. Estavam lá, as duas autoridades. Teve que explicar. Assumir a culpa. Humilhar-se porque sabia a vergonha que o secretário estava passando. Tem coisa pior?

Foi liberado, mas ao invés de ir para casa, foi levado para a Seccional da Cremação. E, na saída, ainda aguentou a pilhéria dos guardas que o haviam prendido. Uma vergonha. O secretário disse que ficaria detido até o dia seguinte, sob custódia, na Seccional e que mais tarde iria tomar providências a respeito.

Silêncio. Deixou-se ficar de bruços sobre sua mesa, na Delegacia. Lembrava dos acontecimentos. Nunca tinha ficado tão bêbado assim, tão descontrolado. Aquela mulher com Selma, lembrava, Marina. Uma namorada? Essa não. E a briga? Nunca chegara a tanto. O pessoal da noite não é chegado. Briga é para idiotas que saem de casa só para isso. Ele, não. Mas tinha. Será que tinham colocado alguma coisa em sua bebida? Será? Na hora em que foi mijar. Selma? Selma? Como. Para quê? Estavam todos atrás dele, em perseguição? Todos querendo explodir sua cabeça? E agora essa vergonha. Vai sair amanhã nos programas de rádio e TV. Só faltava ser "colunável" do Barra Pesada. Não tinha coragem de encarar os companheiros. Era muita pressão. A manhã chegou velozmente, ferindo os olhos feito areia. O diretor chegou às oito e o chamou.

— O senhor é uma vergonha para a Seccional.

— Desculpe, eu sei o que fiz.

— O senhor é uma das promessas para uma nova Polícia que queremos implantar. E, no entanto, apesar de tantas chances dadas, quase todos os dias temos denúncias. Porra, Gil, tu não tens vergonha na cara? Não dá pra se comportar como os outros? Como é que se pode ser de dia uma coisa, de noite outra, enchendo a cara, dando vexame, brigando num bar por causa de mulher, apanhando de marinheiros, puta que o pariu! Estou em casa e sou acordado pelo secretário de

Segurança pra me contar essas coisas, pra me esculhambar porque te mantemos em serviço aqui. E ainda tenho que ouvir isso. Mas não dá mais, tá?

— Não dá?

— Olha, tu tens sorte pois eu acho que tu és competente, honesto. Mas porra... Assim é foda. Eu vou te suspender por uns dias. Vai esfriar a cabeça, vai procurar a paz e volta pra trabalhar. Eu acho até que nem devia fazer isso, mas eu aposto, eu aposto.

— Suspensão? Afastado? Mas agora que o caso do Johnny está deslanchando?

— A gente prossegue.

— Mas tem outra coisa, diretor. Tem um outro caso.

— Outro caso? Passa adiante. Chama o Passarinho e passa pra ele.

— Não dá. Não dá porque não é nossa jurisdição.

— Eu já sei. A Polícia Federal me ligou. Porra, a Polícia Federal me ligou. Tu não achas que é muita confusão? Não te mete, porra. Os fodões da PF estão na jogada. Se der em merda, vai ser pro nosso lado.

— Mas tem um assassinato, chefe.

— Vai ser investigado no devido tempo. Agora, vai estragar. Cai fora disso, estás me ouvindo? Cai fora. Nem pensa em ficar por fora, na jogada. Não faz isso, estás ouvindo?

— Diretor...

— Chega, Gil. Chega. Não diz mais nada. Foi demais. A Graça vai bater a portaria. Te manda por uns dias. E vê se não apronta nada porque senão vai ser o teu fim, tá? Não te mete em merda nenhuma, entendeste?

— E o Bode?

— Que Bode?

— O Otaviano, investigador. Ele tá sumido desde ontem. Já corri tudo por aí e nada.

— Vou mandar fazer procuração. Deixa comigo. Te manda.

Esperar portaria porra nenhuma. O mundo estava conspirando contra ele. Nada que fazia prestava. Há momentos em que viver não vale a pena mesmo. Não vale a pena. Saiu direto para a rua, cabeça baixa, sem dar satisfação aos companheiros que estavam fora, como que sabendo de tudo. Fodam-se. Andando.

O sol queimando. Entrou num boteco e inaugurou os trabalhos. O diabo é começar. Perceber vagamente que se vai passando de bar em bar até as portinhas do Porto do Sal, em pé, com uma chusma de vagabundos, pescadores, alcoólatras, como ele. O tempo deixa de existir. Dias, noites? Uma latinha de queijo cuia na mão. Era uma praça. A pracinha do Carmo. Olhar demoradamente para um resto de manga, no chão. Dividir as mangas com os outros amigos. Amigos? Bêbados, como ele. Solidariedade verdadeira, sabe? Um hiato na vida. Ali. Sem pensar em mais nada. Uma voz amiga. Olhou, contra o sol forte que fazia. Amélia? Amélia, Amélia. O valor de um ombro amigo. O calor de um abraço. Chorou. Chorou livremente. Chorou por tudo. Chorou de gemer. Precisava de ajuda. Precisava de socorro. Amélia.

20

O grande prêmio. Gilberto era o grande prêmio para Amélia. Não tinha jeito. Ela tinha sido feita pra ele. Não importavam as incontáveis brigas, os problemas com bebida. Não foi seu primeiro namorado mas o definitivo. Primeiro se viram em uma quadrilha, nos tempos de colégio. Mas só se falaram mais tarde, julho, Mosqueiro, no Netuno Iate Clube. A família gostou mas ficou preocupada com o que ele queria fazer da vida. Bacharel, tinha uma representaçãozinha e, juntando o suficiente para viver, estava satisfeito.

Anunciaram o casamento. O velho Argemiro foi contra. Elisa, a prima, fez campanha contra. Apenas por inveja. Não conseguia namorar. Tinham a mesma idade e Amélia, a coitadinha da Amélia, já tinha arrumado marido. A cerimônia foi chinfrim. Lua de mel no Mosqueiro, no Hotel do Farol. As preocupações aumentaram com a responsabilidade. E começaram as pequenas mentiras. O negócio de chegar em casa chupando menta para encobrir o hálito de bebida. Começaram as brigas. A gente aguenta até um certo ponto. A família, curiosamente, gostava dele. Soube se impor. Sabia conversar, respeitar, cortejar a mãe e o pai. Quem sabe por não ter pais e precisar do aconchego de uma família. Era o xodó de todos. E Amélia começou a ser a chata. Eles não sabiam como eram as crises. Sair por aí atrás dele. Ocultou durante muito tempo. Jogava fora as garrafas escondidas nos locais mais improváveis.

Um dia, largou tudo e foi para São Paulo, fazer tratamento. Sozinho. Queria dar um jeito. Quando voltou, estava bem, descansado, sem beber nem um gole. Disse que agora sabia que não era um babaca, fraco, de pouca força de vontade. Era um doente e sua doença era o alcoolismo. A bebida para ele era um veneno. Viu no jornal o anúncio do concurso para a Polícia. Se inscreveu. Depois, veio contar. Foi assustador, de início, mas deu para conviver. A família, não. Um policial? Não foi só isso. Voltou a beber. Tinha que voltar e tomar novas doses do remédio. Mas agora, não queria. Dizia que sabia se controlar e só bebia quando queria. Mas quando!

Foi difícil aguentar. Até os companheiros de trabalho na Biblioteca da Universidade Federal do Pará sabiam e aconselhavam. A gente fica entre dois fogos. De um lado, está uma pessoa doente, mas com a qual fica impossível conviver, fazer projetos, filhos por exemplo. De outro, uma pessoa doce, com quem a gente afina. Eram muitos os argumentos contra. Voltou para a casa dos pais. Mas não foi um rompimento pra valer. Viam-se. Vez em quando ele ia almoçar aos domingos, quando a família toda estava reunida. Nunca mais tinha havido sexo. E isso doía. Doía mais que a ausência e a força para se mostrar, tranquila, na sua frente. Não que não tivesse interessados. Um professor aparecia diariamente. Era conhecido de infância. Um eterno apaixonado. Nem tinha casado. Essas coisas. Mas não dava. Não sentia nada. Talvez, mais tarde, sabendo de algo mais definitivo por parte de Gil, topasse uma tentativa, pela companhia, quem sabe. Mas seu grande prêmio era ele, Gil.

De vez em quando fazia algumas tentativas. Era quando a saudade apertava. Seria esse amor uma inconformação pela perda daquele que era seu? E com a distância, se agravando cada vez mais? Distância que perde os contornos mais nítidos, os defeitos, o desgaste da relação diária. Idealizando um homem. Aquele que sempre lhe trouxe as notícias do mundo lá fora. O seu mundinho, com seus livros e os seus sonhos. Podiam ser um casal comum, desses que vão à missa das dez, no Domingo, e depois vão almoçar na casa dos pais. Que assistem à novela das oito. Ela se sentia comum enquanto Gil sempre fora especial, diferente. Tinha feito teatro, demonstrando, cedo, audácia.

Audácia. Sempre lhe faltara. Agora não faltaria mais. Deixaria de assobiar aquelas músicas de Gonzaguinha, trabalhando, remoendo a tristeza pelas imagens poéticas das músicas. Tinha um amor e ele seria seu, de verdade. A paixão tinha passado, mas o amor, lentamente, primeiro no convívio, nas brigas, nas divisões, nos muros imensos, altos, entre os dois, vinha crescendo. Amor que se afirmava quanto mais era negado nos encontros em que discutiam por detalhes mínimos. Parte da negociação. Parte do crescimento desse amor. Um amor que minava todos os poros e que agora clamava por uma decisão. Sair do imobilismo, ir à luta, engalfinhar-se em um corpo-a-corpo para abraçar, realmente, o amor da sua vida. Seu grande prêmio.

Nos últimos dias estava agitada. Começou a perceber a coisa desandando quando viu o escândalo no apartamento de Johnny. Ele estava bebendo pesado. Tinha estado antes, com ele, tentando alguma coisa, sei lá. No dia seguinte, na televisão. Dois dias depois, quebra-quebra no bar, crise entre a Polícia Civil e Militar e seu afastamento do caso. Correu para o hotel. Não estava. Na Seccional, não sabiam, estava afastado. Leu a portaria de suspensão. Entendeu. Procurou Bode. Ligou para Áurea. Bode também estava sumido. Começou a ronda pelos bares. Uma noite inteira. Outro dia. Já estava desistindo quando resolveu apelar para o Porto do Sal. Era o máximo. Não encontrou. Ninguém gostava de dizer. Sozinha. Não avisou ninguém. Aquilo era um problema seu. Sozinha por aquelas biroscas, aturando olhares maliciosos, perigosos, comentários asquerosos. Vinha desistindo, cabeça baixa, chorando baixinho quando viu aquele homem curvado, na pracinha do Carmo, sentado na sarjeta, contemplando mangas comidas pelo chão, tendo nas mãos apenas uma tigela de queijo cuia, enferrujada. Ele a reconheceu. Sujo, imundo, um caco, desgrenhado, rasgado, perdido de tudo. Se ela era para ele a salvação, ele era também. Daquele jeito, imundo, desgrenhado, sujo, bêbado, era o melhor homem do mundo. Daquele jeito mesmo e não interessava o que dissessem.

Chamou um táxi e o levou para um hospital particular, discreto, onde conhecia dois dos médicos, a quem havia ajudado em pesquisas na universidade. Foi internado e deixou-se levar docilmente, apenas com a exigência de sua companhia, segurando a mão. Um gesto. Agora, ali, naquele quarto silencioso, na penumbra, enquanto ele dormia, sedado e tomando soro, pensava num recomeço definitivo. Precisavam de um tempo só para eles. O amor o salvaria daquela doença até que pudesse tomar conta de si novamente. O amor de Amélia seria um bálsamo. E bastando isso para que ela, também, voltasse a viver. Quem sabe sairia da Polícia, encontraria algo para fazer, até mesmo em outra cidade. Pediu ao irmão, Zé Beto, para falar com o Corregedor que, sabia, era seu amigo. Conseguiu converter a suspensão em uma licença médica de três meses. Emprestou uma casa em Salinas, da vizinha, dona Fabrícia, em tempo de baixa temporada. O velho Argemiro, com pena e apostando tudo no bem-estar da filha, compareceu com dinheiro. Como todo alcoólatra vindo de crise, não lembrava dos últimos acontecimentos. Era até bom. Não era hora de sofrer e sim de se recuperar. Alugaram um táxi e foram para Salinas. Passou no hotel, avisou que o marido ia viajar um tempo, deixou pago um mês e garantiu que ele permaneceria com todas as suas coisas lá. Pegou livros. Todos aqueles livros que ele comprava e não conseguia ler. Agora, isso ia ser possível. Podia ser sua última chance. Mas Gil era seu homem e faria de tudo para que desse certo. Aquele vento incessante de Salinas sopraria para longe toda a desgraça.

21

Juntando os cacos. José Evangelista, o Zevangelista, foi uma das pessoas mais interessantes que conheci. Estávamos sempre juntos ali no Biriba, atravessando as noites jogando pôquer, porrinha, dadinho, dominó, o que fosse pra passar o tempo e bater papo. Nunca soube ao certo dos seus negócios. Mas gostava de Salinas. Uma vez comprou um barco, o equipou todo com alimentos e mandou os pescadores pra alto-mar. Voltaram todos com diarreia e não pescaram quase nada. "Aprendi que os caras têm que se virar, comer o que pescam, isso é o que eles gostam e estão acostumados, sabe?" Tranquilo, vivia com a mãe e a irmã ali na General Gurjão, em uma casa que tinha na porta a placa "Família", para evitar que batessem, altas horas, querendo um quarto. Ali era a "zona" que nunca deixou de funcionar.

Depois se mudou para Salinas, ou melhor, Cuiarana, onde fez uma casinha. Passei ali alguns finais de semana. "Nunca me casei porque tive uma desilusão amorosa e depois desisti. E também porque a gente acostuma com a solidão. De manhã cedo, acordo e boto logo o bule no fogo pro café da manhã. Vou ao banheiro, fico ali com a porta aberta e já saio pra tirar o bule do fogão. São manias, sabe? Agora não dá para perder."

Uma vez estávamos no Biriba quando chegou uma mulher bonita, paralítica. Ela estava bem insinuante, mas ninguém deu bola. O Zevangelista deu. Num instante sumiu com a mulher. Depois eu perguntei e ele disse que saiu com a mulher, teve aquele trabalhão todo, sabe, "mas é porque aquela mulher estava precisando, entende? Ela estava necessitada e eu achei que podia quebrar o galho". Sacanagem? Acho que não. Depois das rodadas

de dominó, dadinho, sei lá, saía e distribuía o que ganhava entre os vigias das redondezas.
    Parou de vir a Belém quando caiu de uma moto e quebrou um braço. Ficou com preguiça de fazer fisioterapia. Sua casa, a mais simples. Perguntei uma vez se não tinha vontade de instalar um ar-condicionado, uma antena parabólica, essas coisas. Me disse que não precisava, com aquele vento, de nada e nem parabólica. Passava o tempo conversando com os caboclos e olhando as estrelas. E, no entanto, quando morreu, sozinho, sentado, vendo a novela das oito, o que fazia para acompanhar a mãe que tinha ido morar com ele, foi docemente, tranquilo, sem dar um pio. Veio uma empregada com quem, de vez em quando, ele dava uma volta, cutucou e quando sentiu que estava frio, saiu correndo. Deixou quase quinhentos mil dólares, em dinheiro vivo, guardadinho, pras duas. Deixou também plantação de cupuaçu e uma lancha para pescar. O Zevangelista era ótimo.
    Amélia se deu com a irmã dele, Graça. Agora, quando precisou arranjar um refúgio para nós dois, ela emprestou a casinha de Cuiarana. Aqui não tem televisão nem nada. Não precisamos. Vivemos do amor e do carinho, com o tempo totalmente destinado um ao outro. Passei alguns dias muito difíceis, dor no corpo e na alma. A abstinência alcoólica é algo muito duro sem nenhum remédio, embora abrandado pelos cuidados e desvelos de Amélia. Ainda não consegui me lembrar dos acontecimentos anteriores a dar por mim naquele hospital. Amélia deixou passar alguns dias e me contou tudo. Tive ânsias de retornar e esclarecer tudo. De procurar por Bode. Mas sei que agora não iria ajudar em nada. Ela tem mantido contato com Áurea e nada ainda foi encontrado, o que é estranho. Nem ao menos o corpo, se é que o mataram.
    Acordamos cedo, andamos até a praia, respiramos ar puro e voltamos pra casa. Fazemos amor diariamente, de manhã, com tempo a perder. A perder. Dormimos a sesta, lemos, curtimos a tarde e, a noite, conversamos até dormir. Eu não sabia que gostava dessa vida simples. Mas não sabia até quando iria durar. Até quando iria suportar. Quem estava pagando tudo aquilo? Amélia pedia para não me preocupar porque a licença tinha sido de três meses, renováveis, o que conseguiria com atestado de

médicos amigos. Eu aceitava, passivo. Talvez por medo de voltar àquele redemoinho. Por medo de deixar aquele paraíso. Por medo de perder Amélia novamente, o que seria profundamente injusto, agora que ela me tirara da sarjeta, literalmente. Estava engordando, ficando forte, saudável, pele queimada.

Fiz amizade com Pixito, um pescador que morava perto. Ele me convidou para pescar. Nada de pesca em alto-mar e sim ali nos arredores, pesca artesanal. Dependíamos da maré para saber a hora e por quanto tempo ficaríamos pescando. Às vezes saíamos com linha, outras com rede. Quando fazia quarto de lua, pescávamos de linha. Dez, oito, doze horas pescando. Ficávamos ali por Cuiarana, Inajá, Ilha da Baixinha. Nunca fui sozinho. Aprendi que há sempre algo a aprender, um peixe que não se conhece, por exemplo. Vi tubarão, vi arraia, belos animais. E o que pescava? Tainha, sajuba, pratiqueira, gó, peixe pedra, pescadinha, bagre, tudo peixe bom. Ruim? Tem curvina, uricica, baiacu, prativira, bampo. Uma vez vinha no barco ali em frente ao antigo Farol Velho quando senti um baque no barco. Era uma uricica. Com malha 40 dá pra pegar até peixe de três quilos. Uma delícia pro corpo, pra mente. Comíamos o que chamam de "avoado". Pegam o peixe e cozinham no barco mesmo, ou na praia. Nem descamam. Limpam a barriga, temperam com sal e limão e comem com farinha. Sem pitiú nem nada.

Uma vez passamos em frente a um porto. Perguntei o que era ali. Pixito piscou um olho e disse que era de um cara que tinha barcos de pesca. Perguntei quem era e ele disse que lá em Cuiarana, ninguém gostava muito de falar nesse assunto. Insisti e ele disse que ia me contar porque eu não era de lá, ia embora e não ia falar nada. O cara era muito estranho. Tinha uns caminhões frigoríficos que transportavam o que pescava pra Belém.

— E o que tem de estranho?
— Dizem que não é só peixe que ele pesca.
— Contrabando?
— Drogas.
— É?
— Aqui não tem coisa mais fácil. O barco dele vai até alto--mar e pega o carregamento. Não tem fiscalização, nada.

— Aqui por Cuiarana?
— É. Dizem que é coisa através das Guianas.
— E o que tem de mais estranho?
— Dizem que ele mantém um irmão dele trancado em uma jaula?
— Isso já é história.
— Pode ser, mas que falam, falam. O rapaz é assim meio aluado, sabe?
— Não. Como?
— Dizem que vive preso. Tem noite de lua que ele grita que todo mundo escuta e fica com medo.
— Bobagens.
Bobagens. Mas aquela história das drogas ficou em sua cabeça. Pensava se não devia fazer alguma coisa. Haviam passado dois, quase três meses daqueles acontecimentos desagradáveis. Sua vida estava em um intervalo que sinceramente, tinha medo que acabasse. Voltar e fazer o quê? A Polícia, novamente? A busca por uma notícia sobre Bode? Os assassinatos que estavam no esquecimento? Isso lhe valeria também, com certeza, nova separação de Amélia. Ela não merecia. Tinha salvado sua vida. Dependia dele achando que ele dependia dela. Honrava esse compromisso.
Mas algum dia aquilo tinha de acabar. A família bancava aquele exílio apostando na felicidade da filha. Incomodava. Nunca tinha dependido de ninguém. Todas essas coisas lhe passavam na cabeça naquela sexta-feira à noite, em que voltavam da pescaria. Foi despertado em seus pensamentos por Pixito. Estavam passando em frente à praia do Maçarico e ele perguntou se podiam dar uma voltinha nas barraquinhas, só pra limpar a vista. Pensou duas vezes. Ali tinha bebida. Resistiria? Claro. Era uma boa prova. Mas Amélia não poderia saber. Foram até lá. Era uma sexta-feira de um fim de semana fora de qualquer feriado e, portanto, havia muito pouca gente de Belém. O Garotão estava com uma festa de brega e muitos salinenses estavam lá. Engraçado como iam, os homens, sem camisa, de calção e descalços até entrar no recinto, quando se vestiam e se penteavam. Na saída, novamente, somente o calção.
Sentaram e Pixito pediu uma cerveja. Pediu licença a ele. Deu. Mas, ao garçom, Gil pediu um Diet Good. Ainda espe-

ravam para serem servidos quando, no meio daquele bolo de pessoas dançando, viu Selma. Sem dúvida, era ela, de shortinho, um *top* bem solto que deixava seus seios balançando gostosamente, deixando ver seus contornos por todos os lados, para a delícia dos salinenses que dançavam em sua volta, como uma corte. Ela, concentrada na dança, sensual, charmosa, irresistivelmente linda, morena, enfim.

Já não ouvia o que Pixito estava dizendo. Não conseguia parar de olhar porque por dentro uma revolução estava se processando, como se todos os acontecimentos dos quais se afastara, todas as pressões, os perigos, os medos, o amor e o sexo estivessem novamente sendo despejados em sua cabeça, de uma vez. Foi olho no olho. Ela virou-se para o seu lado e o viu, levando um susto. Imediatamente voltou-se e desapareceu no bolo como quem retorna a uma mesa localizada do outro lado do salão. Foi atrás. Havia muitas pessoas dançando, o que dificultou sua passagem. Chegou procurando. Encontrou duas ou três mesas com toda a *tchurma* da Prodigy, comandadas por Bob, Nandão, Guilito, todos. Estes, não pareceram surpresos. Tudo parecia muito normal. Não esperou pelos cumprimentos. Perguntou por Selma. Um deles disse que estava dançando, ou que tinha ido ao banheiro, ou lá fora, quem sabe. Correu até a porta do que chamam de banheiro, ou seja, apenas um cubículo onde se agacham e fazem xixi que passa direto para a areia. O cheiro, insuportável. Nada. Passou com dificuldades até a porta. Olhou e viu Selminha entrando num Gol Plus, ao lado de uma gordinha, não deu pra ver quem era. Gritou, correu até lá. O carro saiu cantando pneu e se perdeu na estrada.

Voltou desesperado. Disse a Pixito que ele voltaria sozinho com o barco. Não deu maiores explicações. Correu até Bob e pediu o carro emprestado. Pediu pelo "amor de Deus". Com veemência. Devolveria. Selma havia saído de carro. Onde era a casa? "Baixo Atalaia". Sabia. O lado esquerdo da praia, pelos lados do hotel do cubano. Saiu correndo. Disparou pela noite. Pegou a estrada do Atalaia. Na escuridão, alguns carros cruzaram. Como saber quem era? Chegou até lá. A casa, linda, toda iluminada. A *tchurma* passava o fim de semana. Não viu o Gol Plus. Buzinou e apareceram os caseiros. Selma e Marina tinham ido embora, repentinamente, não sabiam a razão. Há alguns minutos. O primeiro movimento foi correr para o carro e acelerar pensando se poderia alcançá-las. Não. Desistiu. Voltou lentamente ao Garotão e devolveu o carro. Pixito ainda estava lá. Pegaram o barco em silêncio total. Chegou em casa e Amélia veio recebê-lo efusivamente. Foi ao banho e tomou a decisão.

— Vou voltar para Belém.

Fez-se um silêncio imenso naquela salinha da casa. Terrível. Amélia demorou alguns segundos intermináveis a dizer alguma coisa. Ela sabia que um dia aquele idílio ia terminar. O maior medo era do que viria depois. Voltariam a viver juntos, normalmente? O que seria da vida?

— Voltar, como?

— Voltar, resolver meus assuntos.

— Mas tem a licença.

— Não estou ligando. Não posso mais ficar aqui fugindo disso. Depois, tem o caso do Bode. Não pode ficar assim. Não posso ficar fugindo.

— Você estava doente, Gil.

— Agora estou bom.

— Se queres mesmo, amanhã a gente se prepara.

— Vou na frente, logo de manhã cedo, sozinho.

— Sozinho?

— Preciso. Volta depois pra tua casa. Vai ser perigoso, principalmente depois desse sumiço do Bode. Também não vais ficar aqui, sozinha. Volta pra casa do teu pai.

— Tu sabes que isso pode não dar certo. Pra que correr atrás? O caso do Bode é com a Polícia, os outros também. Voltar pra quê? Eu não posso te perder. É isso. Se tu fores, talvez não voltes mais.

— Não posso, Amélia. Não posso viver com isso. Tenho que resolver. Me empresta um dinheiro que volto de ônibus, de manhã cedo. Te procuro logo que puder. Não entra em contato. Vai ser assim.

Passaram a noite em claro, sem se falar. Aquele silêncio em que pesavam os acontecimentos. Sentia pena por Amélia. Sentia raiva por ter pena dela, o que a revoltaria. Não tinha coragem de falar sobre Selma. Seria o fim. Mas era inevitável. Não podia mentir para si mesmo. Naquele instante, pensava em Selma e pensava em tudo. O peso do remorso era quase insuportável.

Naquelas cinco horas que passou no ônibus procurou situar-se novamente. Procuraria Selma, em primeiro lugar, em seu apartamento. Os nervos à flor da pele e o desejo, intenso. Cristóvão Gusmão estava por trás daquilo tudo e teria que procurá-lo, talvez visitando sua casa, de surpresa. Ele era o assassino de Babalu, por certo, e o responsável pelo desaparecimento de Bode. E quanto a Johnny?

Voltou ao hotel onde foi recebido alegremente. Estava bem disposto, queimado, forte, esbanjando saúde. Mesmo assim, pediu comedimento por parte de todos. Tomou um banho, vestiu-se e foi para a Arcipreste Manoel Teodoro, no prédio de Selma. O porteiro avisou que ela não estava. Afastou-se um pouco e ficou à espera, entre o Rutherford e o IEP, andando, disfarçando. Eram quase seis da tarde quando ela desceu de um táxi, maravilhosa como sempre. Correu e a alcançou antes de passar pela guarita do porteiro. Ela se voltou surpresa. Tentou recusar o contato. Segurou seu braço, forte.

— Selma.

— Tá bom, sem escândalo, sobe comigo.

Naquele trajeto no elevador ficaram mudos, se olhando, se estudando, como dois contendores que se respeitam. O que era o apartamento de Selma? Não havia móveis, a não ser um sofá velho, uma mesa e umas cadeiras. Não era um lar e sim um lugar por onde alguém apenas passava rapidamente. Não deu tempo nem para tecer maiores considerações. Abraçaram-se e foram até o quarto de dormir onde estava uma cama desarrumada, sem lençóis, onde se amaram com desespero e até agressões que os deixaram com os corpos marcados.

— Porque fugiu de mim?

— Levei um susto, fiquei com medo.

— Foi por causa daquela amiga?

— Também... Ela não é só minha amiga. É minha namorada. Eu não tinha te contado. Não ia contar.

— Foi a mulher daquela noite...

— Foi. Onde tu estavas? Sumiste.

— Estava descansando daquela confusão toda. Fui suspenso, depois peguei uma licença-saúde. Fui pra casa de um amigo em Cuiarana.
— Cuiarana?
— É. Conhece?
— Não.
— Passei esse tempo todo descansando, pescando... E você?
— Por aí, tu sabes. Estava na casa do Nandão.
— Eu sei, fui atrás mas você já havia saído.
— Coisa da Marina.
— Como é que você pode gostar assim de outra mulher? Você não parece...
— Não pareço sapatão?
— Não, é que...
— Deixa pra lá. É difícil explicar. Eu também nunca te cobrei nada.
— Mas eu não gosto de homem...
— Essa discussão não tem onde parar. E agora?
— Agora o quê?
— Vai voltar pra Polícia?
— Não sei. Posso confiar em você?
— O que tu achas?
— Acho que gosto de você.
— Eu também gosto de ti.
— Mas então vai ter que escolher...
— Ih... Mas isso agora. A gente mal se vê e...
— Tá bom. Páro. É bom te ver.
— Vamos transar de novo?
— Cadê teu filho?
— Deve estar aí na vizinhança. Depois peço pra chamarem ele pelo interfone. Agora, não.
— Você não é exatamente uma dona de casa, hein?
— Não. Nunca fui. Tu também moras em um hotel e o quarto é bem desarrumado.
— Tá bom, não me meto.
— Vais voltar pra Polícia?
— Não sei. Estou de licença e a impressão é que não queriam que eu continuasse mexendo naquela casa de cabas, sabe, cabas?

— Sei.
— Então eu vou continuar. Depois, o Bode continua sumido. Deve estar morto. Nunca acharam o corpo. Tu sabes que a história estava nas mãos daquele Cristóvão.
— Sei.
— Acho que vou lá com ele.
— Vai ser perigoso. Vais lá acusar de assassinato, assim, sem mais nem menos?
— Não sei, ainda vou pensar.
— Cuidado.
— Claro. Mas eu sou um policial, não te esquece.
— Mas isso está ficando muito pesado. Eu não quero te perder. Não dá pra esquecer tudo isso, de repente a gente se manda daqui e vai morar em outro lugar, outra vida, outro tudo?
— Não, não dá. Depois, pode ser. Mas antes, tenho que resolver isso. É uma dívida que tenho comigo e para com a amizade que eu tinha pelo Bode. Não posso esquecer... O que é isso, estás chorando? Não pensei que tu chorasses assim, fácil...
— Não é nada. Choro porque queria fazer amor de novo.
— Então vem cá.

22

Urubu. Orlando Saraiva, o Orlando Jornalista ou, pior, o Orlando Urubu, como lhe chamavam os desafetos, esperava por Gil no saguão do hotel. Já havia algum tempo que estava de vigília, mancomunado com um dos porteiros que o avisou quando o delegado retornou de seu exílio em local não revelado por ninguém da família da mulher, que tinha sido seu contato mais próximo. Um profissional com uma longa lista de serviços prestados à comunidade, o que lhe valeu ressentimentos, ódios e desprezo, também. Um fuçador que se considerava acima de todos e se jactava de suas virtudes. Já rodara pelos três jornais da cidade, sempre despedido exatamente pela correção de seu trabalho, incomodando seus proprietários, curvados por pressões de todos os tipos, políticas, comerciais e ideológicas. Um devorador de *Diário Oficial*, interpretava como ninguém os atos governamentais. Desempregado, embora com prestígio, o jeito foi lançar seu próprio jornal, de circulação incerta, impresso por um amigo, que mesmo assim não colocava no expediente o nome da gráfica, para não se prejudicar. O jornal, recheado de denúncias e perfis, tinha uma boa venda. Curiosamente, por parte de seus compradores, era praxe negar sua leitura. Mas todo mundo lia. E quem bancava tudo isso? Creusa, sua amante, uma catarinense que se instalou há longos anos na Cidade Nova com uma casa de recepção para homens, pertencendo a uma rede de prostituição com ligações até internacionais, garantindo renovação constante das mulheres oferecidas. Loura, alta, bonita, já coroa, apaixonara-se por Orlando, um negro também forte, talvez, justamente pelas características opostas. Creusa o apoiava, patrocinava, cuidava de tudo para que Orlando exercesse sua função de paladino da justiça. E era o calcanhar de aquiles, também, quando queriam ofendê-lo, denegrir sua imagem. Aceitava aquilo como um mal necessário. Eram apaixonados, se entendiam, viviam bem e pronto. As ligações para a existência da casa, pequenos subornos evitando batidas e demais providências eram feitas discretamente. Ninguém é perfeito. Orlando queria ser. Mas...

Gilberto chegou apressado. Ia passando direto quando o porteiro avisou. Olhou surpreso. Conhecia Urubu muito bem e se ele estava ali, não era nada bom para os seus planos de resolver seus assuntos sem o conhecimento de ninguém. Mas não havia como recusar o contato, caso contrário, despertaria maiores suspeitas, enfim, não houve tempo para nada.

— Preciso falar contigo. Pode ser agora?
— Agora... É coisa demorada?
— Não sei. Mas é importante.
— Sobre o que é?
— Estou atrás de ti há algum tempo. Tinhas viajado?
— Estive doente... Agora estou bom.
— É aquele caso do cabeleireiro, que tu estavas investigando.
— Agora é com a polícia, eu ainda estou de licença... Eles me afastaram do cargo.
— Eu sei. Foi uma armação.
— Quê?
— Claro, foi uma armação pra te chutar do caso... Tu estavas chegando lá...
— Como é que tu sabes?
— Posso falar. Aliás, podemos subir no teu quarto. Isso é assunto grave, entendes?

Subiram ao quarto. Pensava no que ele poderia ser útil às suas pretensões. Teria que ser hábil na conversa ou entregaria tudo o que sabia. O pior é que ia complicar a situação, publicada no jornal do "Urubu", não lembrava o nome.

— A Polícia Federal te brecou, sabe?
— Isso eu sei. Um cara lá me disse que eu estava atrapalhando uma investigação de drogas. Mas porra, eu tinha um assassinato!

— Eu sei. Eles estão há um bom tempo nessa parada. Mesmo assim, tem gente lá dentro que segura a onda pra não dar certo. Coisa de "chem", tu sabes, né?
— Sei. E aí?
— O negócio é o seguinte. Tem três caras nessa parada. Um é lá de Salinas, outro distribui em Belém e outro trabalha com as contas na Europa, vendas e tal, através das Guianas. Um desses caras era o Johnny.
— O Johnny? Aquela bicha?
— É. Ele tinhas uns contatos lá em Georgetown que, tu sabes, era de onde ele vinha.
— Mas como tu sabes?
— Estou fuçando isso há muito tempo. Outros caras caíram aí e o funil foi apertando. Tem Interpol na parada, americanos querendo brecar. É um lance que faz uma ponte sobre a nossa região, a partir da Colômbia e daí para a Europa, Estados Unidos.
— Porra, na casa do Johnny só tinha bobagem de droga que ele consumia.
— Claro, né? O problema era localizar o esquema das contas no Exterior e os contatos, saca?
— Tinha um computador. Eu liguei, acessei tudo e não tinha nada gravado. Só uns videogames, bobagem mesmo, eu experimentei.
— Mas ele estavam atrás de mais alguma coisa. Nós achamos que isso estava em disquete, sabe? Algo pequeno, que ele levava consigo e não deixava com ninguém. Não registrava no computador, nada.
— Isso não está muito estranho? Porra, o cara foi morto por aquela amiga, aquela perua, não lembro mais...
— A Rai. Estive com ela. Não foi ela. Está fodida. Vai ser condenada. O marido não acredita. Está viajando, com a filha. Os amigos sumiram. Parece que todo mundo tinha raiva dela. Está fodida, envelhecida, fodida mesmo. Mas eu falei com ela. Ela não matou. Esse caso tem a ver com o disquete. Falei com aqueles vizinhos idiotas, não sabiam de nada. Mas tinha o porteiro, Manoel.
— Ele sumiu.

— Eu achei em Balsas, Maranhão. Cara, foi uma barra. Ele estava assustado. Pensei que estivesse no negócio. Não. Mas ele me disse que, de vez em quando, de madrugada, parava ali na porta um caminhãozinho, tipo frigorífico, e saía o cara que namorava com o Johnny, um tal de Léo, e ele, Johnny, carregando uns sacos. Botavam no caminhão e pronto. Esse caminhão é de Salinas, já investiguei e sei que vem de lá. E sabe quem dirigia o caminhão? Cristóvão Gusmão. Sabes quem é?

— Sei. Essa conversa está ficando perigosa, Orlando.

— Queres falar sobre Cristóvão?

— Então deixa eu te lembrar da Lola, a empregada do Johnny. Mataram ela, quebraram tudo, quebraram o apartamento, não foi?

— Foi.

— Queriam alguma coisa e pode ser o tal disquete, ou uma pasta, sei lá. Sabes alguma coisa?

— Não, mas desse Cristóvão eu sei.

— Sabes?

— Ele matou uma amiga minha e sumiu com meu melhor amigo..

— O Bode.

— Tu sabes?

— Claro, em que planeta tu estavas? A Polícia andou procurando tudo por aí. Agora esfriou mas continuam procurando. A mulher dele fez um escândalo. Até agora se recusa a declarar morto, rezar missa. Disse que ele vai reaparecer. E como é essa história da tua amiga?

— Foi o Bode que descobriu. Esse Cristóvão e uns barõezinhos foram fazer uma farra no Motel Glads.

— Conheço.

— Pois é, o cara matou de porrada uma amiga minha, menina linda, Babalu e jogou o corpo num matagal ali do lado do motel. A menina só morreu no PSM mas antes mandou me chamar. Não falei com ela. Já estava morta. O Bode investigou e descobriu. Apertamos a bicha que agenciou a farra e ela confirmou que o Cristóvão estava no comando.

— Puta que o pariu, vocês mexendo com uma coisa, foram bulir logo com quem...

— Pois é, mas aí, quando nós estávamos na jogada, o Bode sumiu e eu fui afastado.
— A gente acha que tinha droga naqueles sacos no apartamento do Johnny. O estranho é que esses sacos deviam estar na casa do Cristóvão, que a PF também vigia, mas até agora, nada.
— Ou então não querem dizer, estão encobrindo.
— Pode ser. Eu fui atrás checar essa história do Manoel, o porteiro. Mas falta ainda chegar no cara de Salinas e eu já vi que vai ficar em banho-maria.
— Checaste aquela turma do Johnny? Eles vão sempre a Salinas...
— Tudo bunda mole. O cara lá, Nandão, que é o dono da casa, é apenas consumidor de droga e pronto. Aquele Guilherme Conrado, um babaca. A tal da Rai, nem era da turma. Se fodeu. Os outros, na mesma.
— Pois eu não sei então de mais nada. Tu é que me disseste novidades.
— E agora, vais retomar o caso?
— Não. Eu estou afastado. Não posso fazer nada. Vim aqui apenas pegar umas roupas. Vou voltar pra onde eu estava.
— Era tratamento de alcoolismo?
— Era, mas não publica nada disso. Quase acabou com a minha vida e eu estou tentando me recuperar, voltei com a minha mulher...
— Eu sei. E o Bode? Ele era teu amigo...
— Era o meu melhor amigo. Mas não sei por onde começar. Tens um telefone? Eu te ligo pra saber das novidades. Dependendo do que tu descubras, eu vou te ajudar. O que não posso é fazer nada, agora. Agora não vou fazer nada.
— Os caras lá na Delegacia vivem lastimando a tua ausência. Eles dizem que tu eras uma grande promessa da Polícia e a bebida acabou contigo.
— Eu vou voltar, talvez, ainda não sei.
— Não estás bebendo?
— Nada. Agora vou parar mesmo.
— Eu vou andando. Pena, pensei que sabias mais alguma coisa e por isso te afastaram. Tu deste sorte. Podiam ter te matado também.

— Eu sei disso. Mas até preferia a sumirem com o Bode. Ele era um cara legal, direito, não merecia. Um dia eu vou reparar isso, quem sabe, através de ti. Me avisa. Eu te ligo.

Quando Orlando saiu, sentou na beira da cama para pensar. Não era droga o que saía do apartamento de Johnny. Ou não era somente droga. Havia crianças mortas, ali, talvez. Aquelas que eram estupradas no apartamento. Desaparecimento de criança era coisa comum em Belém. Todo dia no Barra Pesada tinha uma lista de crianças desaparecidas. Será? E se não foi Rai, quem teria sido? Lola, não, com certeza. Guilito não tinha colhões. Agora, se tinha uma pessoa que sabia das coisas era Selma. Selma. Selma namorou com Léo. Era amiga de Johnny. Frequentava a turma. Selma era a pessoa. Absurdo, estava com ela ao seu lado aquele tempo todo. Será que sua aproximação teria sido uma estratégia? Uma teleguiada? Por que não foi assassinado? E essa história do disquete? Selma teria ido lá, também, atrás do disquete? Ela estava em Salinas, disse. Mas ir a Salinas demora umas duas horas, duas horas e meia, talvez. Não muda nada. Selma namorou com Léo. E Léo sumiu, como Bode. Selma passou também no apartamento de Johnny naquele dia. Selma esteve com ele de noite. E também na noite em que brigara no Au Bar e dera naquele escândalo. Infelizmente não conseguia lembrar dos detalhes daquela noite. O alcoolismo dá uma amnésia sobre os acontecimentos imediatamente anteriores à crise. Selma em Salinas, também.

Estava suando, agoniado, respiração forte e agora já lutava contra a tensão e, inevitavelmente, a vontade de beber. Foi tanta que deu vontade de ir ao banheiro, o que o aliviou um pouco. A procura por Bode começava nas explicações de Selma. Estaria certo ou incorreria num erro de avaliação terrível, que lhe custaria o amor da mulher que tinha mexido com seus sentimentos? Naquele instante, não estava escolhendo entre a reparação da amizade com Bode e o amor de Selma. Havia rancor, decepção, dúvida e saudade. Tudo isso mexendo em sua cabeça. Traição? Armadilha? Teria caído como um pato nos braços de Selma? Não tinha jeito. Ia procurá-la. O mundo desabava de uma vez sobre seus ombros. E lembrar que 24 horas antes estava na Borrachuda, pescando, tranquilamente. Agora era tarde. Não voltaria atrás. Onde está Selma?

23

Aqui a morte não vai me encontrar. Estava saindo do hotel quando Selma entrou e lhe deu um beijo ao qual não correspondeu à altura.
— Precisamos conversar. Coisa séria.
— Eu também preciso falar contigo.
— Vamos subir?
— Não, vamos pra outro lugar. Vim te buscar.
— Para onde?
— Sei lá, vamos sair.
Saíram. Foram até a esquina com a Presidente Vargas pegar um táxi. Sentiu um revólver nas costas. Olhou para Selma que tinha os olhos voltados para o chão. Imensa vontade de reagir, mas a pressão daquele cano nas costelas era mais forte. Foi levado para um caminhão pequeno, desses frigoríficos. Empurrado para dentro. Escuro e calor. A tranca fechou com estrondo. Ouvia vozes, um homem e uma mulher. Selma estava na boleia. Parece que tinha voltado para ajustar contas. Então, o que estava pensando tinha fundamento. Devia avisar Orlando Urubu. Devia avisar a Polícia. Tateou à procura de uma saída. Nada. Nos filmes, o herói sempre escapava. Nos filmes. Decidiu se acomodar esperando um melhor momento.

Já haviam saído da cidade. O caminhão estava em alta velocidade. Sentiu o ar salgado e começou a ligar os fatos com Salinas, Cuiarana, talvez. Estrada de terra batida. Pararam. Um portão aberto. Andaram mais um pouco. A porta abriu com estrondo. Noite bonita, de estrelas. Lá fora, um homem atarracado, outro brancão, forte, e Selma, de olhos baixos. Os dois armados. Olhava discretamente em todas as direções procurando uma oportunidade.

— Delegado Gilberto, muito prazer, eu sou o Mauro.
— É mais um que vem conhecer a tua mansão.
— Sou um policial. Se me matarem a coisa vai feder pra vocês.
— Olha a minha cara de preocupação.
— Não te ilude, cara, a gente gasta um bocado pra ficar tranquilo... É isso mesmo, gasta com a Polícia, com a Federal.
— Foste tu que mataste a menina, não foi? A Babalu.
— Foi. E daí? Grandes merdas se preocupar com uma putinha.
— Deixa de ser confiado. Se dependesse de nós, tu já tinhas sido apagado há muito tempo... Não é Selma?
— Porque demorou tanto tempo, hein, Selma?
— Não dava, ele sumiu...
— E antes, Selma? E antes?
— Tu não podias aguentar a coceira na xoxota, não foi? Isso é que dá meter mulher na jogada... Ficou protegendo o macho...
— Cara, se tu não fosses tão enxerido... Podíamos fazer uma jogada... Olha só esta casa... Parabólica, piscina... Ar puro. Uma beleza... Tu sabes, eu sempre costumo dizer que a morte não vai me encontrar aqui... Porra, tu e aquele teu amigo investigador, o que é que vocês tinham que se meter?
— Onde está ele?
— No lugar pra onde tu vais...
— Gil, eu fiz o possível pra te livrar, cara...
— Não diz nada, tá?
— Digo sim. Eu não estou nessa parada de doida que eu sou. O Mauro é o pai do Cesinha e se eu não faço o que ele manda ele me tira o garoto.
— Chegou a hora das confissões? Então conta também que tu mataste o Johnny com a heroína, conta... Conta que tu botaste o saquinho de heroína na bolsa daquela perua que foi presa, conta... Vai, aproveita e vai pra junto do teu namorado, vai. Pode ir. Começa a te despedir.
— Despedir? Por quê?
— Selma, entende, mulher nessa história só dá problema. A gente não pode mais confiar...
— Mas tu não querias ele? Tá aí, pronto, me deixa ir. Me deixa que eu tenho o Cesinha pra cuidar...

— Ah, Ah Ah, a mãezona falando... Parece até que cuida do filho. Vai, anda, pra junto dele... Tu sabes, Cristóvão, a gente tinha que ter feito isso desde que o Léo sumiu, sabe? Ali tinha uma jogada dessa puta pra fugir com o nosso dinheiro. Ou era jogada dos dois ou era com o Johnny. Fico pensando até se ela não está com o disquete esse tempo todo...

— Não tenho Mauro, não tenho, eu juro. A gente ia fugir, eu e o Léo. Era isso. Mas eu acho que o Johnny soube e deu fim nele. Não sei como, ele não me disse, mas o Léo sumiu. Ou então se mandou sozinho. Naquela noite em que eu fui na casa do Johnny, eu peguei um disquete. Fui na casa de uma amiga e botei no computador. Tinha uma mensagem pra gente, apenas, dizendo "otários". Era um disquete falso. O Johnny estava preparado. O disquete verdadeiro, não sei.

— Isso é o que dá a gente lidar com uma puta e um veado.

— Esses dois é que sacanearam com o Johnny. A bicha era direita, Cristóvão... Sempre funcionou bem. Aquele Léo é que te meteu na cabeça que o Johnny estava faturando por fora, roubando da gente. Agora é que virou merda.

— Tu vais jogar os dois pros bichos, vais? Hoje eu vou ficar e ver...

— Ela não. É a mãe do meu filho. Ela eu vou matar com um tiro, tu vais ver a pontaria. Um tiro só. Ele, não. Tu sabes que eu adoro policiais...

— Alguém pode ouvir.

— Ouve nada... Então tu achas que não é por isso que eu moro sozinho? A vizinhança fica toda assustada quando o Alcir tem aqueles ataques dele e fica gritando a noite inteira. Pensam que é lobisomem... Deixa pensar. Depois é só jogar ali no poço... Já anda lotado...

— Então mata ele antes pra ela poder assistir...

— Não, Mauro, não faz isso. Não mata a gente...

Não havia um segundo a perder. Estava com toda a concentração do mundo. Um momento apenas e teria que aproveitar. Encostado no caminhão, pensava se teria tempo de fugir por baixo, pelos lados, enfim. Não conhecia onde estava. Era Cuiarana, com certeza. Qualquer detalhe e ficaria orientado. Noite escura. Foi quando Mauro mandou que andassem até um galpão que Selma se atirou sobre ele gritando para que escapasse. Cristóvão

apontou para Selma e ele aproveitou para jogar areia em seu rosto. Saiu correndo. Escutou os tiros. De relance viu Selma no chão. Se embrenhou no mato meramente por ser a direção em que estava voltado. Talvez a água tivesse sido melhor. Havia lama, buracos, espinhos mas ele avançava aos tropeções, naquela corrida em que não se sente nada porque se corre para salvar a vida.
 Escutou latidos. Caralho, os caras soltaram cachorros atrás dele. Escuridão. Desorientação. E nem sabia para onde estava indo. Era preciso seguir em frente, encontrar alguém, a estrada, talvez. Virou para a direita e continuou correndo, tropeçando, caindo. Bom que estava com fôlego. Se fosse há alguns meses, não aguentaria. Os latidos chegando perto. Caiu feio. Bateu o joelho. Puta, que dor. Uma clareira. A cerca de arame farpado. Tentou passar e sentiu a mordida dilacerante na perna, outra no ombro. Dois cachorrões mordendo fortemente. Protegeu o pescoço, lutava com eles. Uma ordem e se afastaram. Mauro e Cristóvão chegaram. Nada mais havia para ser dito. A última coisa que viu foi o clarão da escopeta disparando. Não teve tempo nem para pensar nos seus. Em Amélia. Em Selma. Em Bode. Nada. Fim da linha. Seu corpo foi arrastado pelos dois até o poço, coberto, onde foi jogado juntamente com o de Selma.
 — Dá um tempo, te acomoda, avisa a moçada pra ter calma, dá um "chem" extra pra turma.. O desaparecimento desse cara pode dar alguma confusão. Vamos ficar na nossa, quietinhos.
 — E o disquete?
 — Vamos continuar procurando. De qualquer maneira, já falei com o Jack em Amsterdã e ele vai dar um jeito... Vai mandar uma cópia pra gente. Vamos perder algumas coisas... Mas a gente acha esse disquete. Passa lá na casa da Selma e traz o garoto pra mim.
 — Pra cá?
 — É. Agora ele não tem ninguém. Vai ficar aqui comigo.
 — O Alcir vai ficar assim gritando?
 — Ele para. Ficou excitado. Depois passa.
 — Tchau.
 O caminhão saiu pela estrada de terra batida levantando poeira. Logo ficou apenas aquele ar salgado, aquele vento gostoso, aquele silêncio, naquela noite parcamente iluminada pela lua, tão agradável, naquele sítio de dor e morte.

24

Apareceu a Margarida.
— Se for pra sair de Itabira, que seja em alto estilo. Você sabe que eu tenho família grande e no máximo pensei que iríamos para Belo Horizonte, Vitória, sei lá, e não pra esse fim de mundo. Por isso não me venha com nhe-nhe-nhem e deixa que eu faça as modificações que acho necessárias. Afinal, você passa a maior parte do tempo aí nessa floresta e eu é que fico aqui com as crianças nesta cidade que eu não conheço, quente demais, esperando você voltar.

As palavras de Maria Rita ainda estavam em sua cabeça enquanto recomendava ao mestre-de-obras o que deveria ser feito no apartamento que haviam alugado naquela movimentada avenida de Belém, como é mesmo o nome? Padre Eutíquio. O imóvel estava vazio há alguns meses. Não sabiam quem havia estado ali antes, mas certamente os vizinhos, com o tempo, comentariam.

— Daniel dos Prazeres, você não vai me impedir de exercer a minha vocação natural para engenharia e arquitetura. Temos que mandar quebrar essas duas paredes, para dar maior área para nós dois e as crianças. E a sala também vai ficar mais ventilada. E sem essa reforma, nem me fale em ir para Belém. Prefiro ficar aqui em Itabira mesmo, que é perto de tudo e não fica no meio da selva amazônica. Acho que dessa vez você está indo longe demais...

A mudança estava chegando e por enquanto ele estava em um hotel, enquanto o apartamento estivesse em obras. Geólogo em início da carreira, trabalhando para uma empresa canadense, tinha experiência adquirida na Vale do Rio Doce. Seu local de trabalho ficava no Suriname, onde passava pelo menos vinte dias por mês em pesquisas. Gostava do mato, do ar puro, gostava do seu serviço. Tudo aquilo que fazia os almofadinhas das cidades se arrepiarem, incomodados, lhe dava prazer. Teve algumas malárias mas agora estava em uma fase boa. Na verdade, os problemas começavam quando voltava à cidade, às vezes em plena revolução, deposição do ditador de plantão, enfim. O Suriname tem uma divisão de raças muito interessante. Inclusive indianos e chineses. Todos se odeiam mas se respeitam. Um não se mete na área do outro. E dá de tudo. Quando conseguia se livrar do trabalho, passar pelo aeroporto e suas revistas irritantes, chegava em casa e tudo o que queria era ficar com as filhas e Maria Rita. Ela falava muito, era mandona? Deixa pra lá. Cuida das filhas e lhe dá carinho quando chega em casa, cansado da solidão do mato, da companhia masculina, silenciosa.

— Maria Rita, a obra está indo. É, do jeito que você mandou. Foi, já quebrou. Sim, trocou as fechaduras. Os lustres. O piso ainda falta escolher. Vai trocar a louça dos banheiros. Mas isso é rápido, um, dois, três e se resolve, querida. Ah, falta ainda derrubar aquela paredinha, lembra? Aquela que fica no quarto grande, aquele que tinha ao lado a área para se vestir. Lembra? Paredinha estranha. Parece sem função alguma. Acho que a pessoa que morou aqui, antes, também tinha a mesma mania sua... Eu? Não, amor, estou só brincando. Você é sabida nisso, mesmo, uai... Não, sô!

Maria Rita era fogo. Já era assim desde que namoraram e casaram em um processo bastante natural, respeitoso. Família grande, mineira, tradicional, de Itabira. Itabira, a terra de Carlos Drummond de Andrade. Era a família dela que segurava a barra quando ele viajava a serviço. Feitos um para o outro. Se ela tinha gênio forte e comandava as ações, ele se deixava comandar gostosamente. Na verdade, seu mundo era feito de silêncio e meditação, quando estava trabalhando nas minas. Enquanto ela cuidava da casa e das filhas que foram nascendo, ele cresceu em experiência e competência. Veio a proposta da Champion, do Canadá e ele aceitou. Ia comandar uma turma de geólogos no Suriname. Preferiu ficar baseado em Belém do que em Macapá depois de visitar as duas cidades, com Maria Rita, por causa do conforto, da proximidade e das possibilidades de estudo para as filhas. Ainda estavam naquela fase de implicância com a cidade, descobrindo defeitos em tudo. Mas se acostumariam e a vida seguiria em frente.

Pensava nisso quando entrou no apartamento para inspecionar as obras. Passou pelo porteiro sonolento e ao tocar a campainha percebeu uma movimentação, um ruído na porta ao lado, do vizinho. Ainda não os conhecia. Mais tarde passaria para um cafezinho. Eles lhe diriam como era a vida ali e até mesmo quem havia morado antes, lá. Em Itabira todos eram conhecidos e se ajudavam. Aqui, poderia acontecer a mesma coisa. O ajudante do mestre-de-obras veio abrir e tinha uma expressão assustada. Estavam todos reunidos na sala.

— Bom dia pessoal, o que foi? Hora de folga, já? Cadê o mestre?
— É que...
— Doutor, estou com um problema.
— O que é?
— Venha por aqui... Nós quebramos hoje aquela paredinha que o senhor pediu para derrubar... Olha só o que encontramos...

Por trás da paredinha derrubada, havia uma outra parede, a original e no vão, um esqueleto. Um esqueleto! Recuou assustado. O mestre o amparou. Todos tinham ficado assustados. Não queriam continuar quebrando nada. Quem morava ali, antes? O esqueleto com roupas finas. Dominou o medo, o asco e se aproximou. No bolso da calça não havia nada.

— Acho melhor chamar a Polícia.
— Doutor, eu vou aí no vizinho ligar pra delegacia.

Sozinho, pensou no que Maria Rita iria dizer. Não iria mais querer morar ali, com certeza. Que coisa estranha. Agora, pensava se havia alguma coisa errada com o apartamento ou com quem havia morado ali antes. Talvez por isso o preço baixo que pagara pelo aluguel. Voltou a mexer no esqueleto. Havia muito mau cheiro. Tufos de cabelo ainda estavam presos na cabeça. Cabelos louros. Remexeu no bolso da camisa. Havia algo. Um disquete. Examinou bem. Não havia nada escrito na fita adesiva para identificação. Estava sozinho. Guardou o disquete no bolso para ver o que tinha, mais tarde. Agora ia esperar a Polícia.

Sobre o autor

Edyr Augusto Proença nasceu em Belém, Pará, em 1954. Iniciou sua carreira como dramaturgo no fim dos anos 1970. Escritor e diretor de teatro, trabalhou como radialista, redator publicitário e autor de *jingles*, além de produzir poesia e crônicas. Sua estreia como romancista se deu em 1998, com a publicação de *Os éguas*. Quadro desolador da metrópole amazonense, um "*thriller* regionalista" que mergulha no ritmo frenético da decadência e da violência urbanas.

É no Pará que o autor ancora todas as suas narrativas. Em 2001 lançou *Moscow*, seu segundo romance. Depois vieram *Casa de caba* (2004), o livro de contos *Um sol para cada um* (2008), *Selva concreta* (2012), *Pssica* (2015) e *BelHell* (2020). No Brasil, sua prosa é publicada pela Boitempo. Em 2013, com o lançamento de *Os éguas* em francês (sob o título *Belém*), pela editora Asphalte, a obra de Edyr ganhou grande destaque na cena literária parisiense. Amplamente aplaudido pela crítica, o romance recebeu, em 2015, o prêmio Caméléon de melhor romance estrangeiro, na Université Jean Moulin Lyon 3. No mesmo ano, Edyr participou do festival Quais du Polar, em Lyon, evento mundialmente conhecido por celebrar o gênero *noir* na literatura e no cinema, e do Salão do Livro de Paris. Também foram traduzidos para o francês *Moscow*, em 2014, *Casa de caba* (com o título *Nid de vipères*), em 2015, e *Pssica*, em 2017, todos pela Asphalte – este último será adaptado para o cinema pela produtora O2 Filmes, com direção de Quico Meirelles.

O estilo marcante e a escrita alucinante e implacável de Edyr já haviam chamado a atenção de editoras internacionais, a começar pelo romance *Casa de caba*, publicado na Inglaterra, com o título *Hornets' Nest*, pela Aflame Books, em 2007. O paraense também teve contos traduzidos no Peru, pela PetroPeru, e no México, pela Vera Cruz.

    Participou das antologias *Geração 90: os transgressores*, organizada por Nelson de Oliveira (Boitempo, 2013), e *Os cem menores contos brasileiros do século*, organizada por Marcelino Freire (Ateliê, 2004).

Este livro foi composto em Adobe Garamond, 11,5/12,5,
e reimpresso em papel Chambril Avena 80 g/m² pela
gráfica Forma Certa para a Boitempo, em outubro de
2024, com tiragem de 200 exemplares.